GAEA

獵命師傳奇

FateHunter

獵命師傳奇系列【卷十五】

九把刀 Giddens 著

「不可詩意的刀老大」之
正妹的純眞眼淚

這一次的《獵命師》，距離上一本《獵命師》已經有……九個月了。

很多人都覺得很度爛，覺得我很沒品，其實兩本《獵命師》隔了那麼久，我自己也嚇一跳。這中間我出版了《後青春期的詩》、《人生就是不停的戰鬥》、《不是盡力，是一定要做到》、《三聲有幸》、《殺手，無與倫比的自由》，也在雜誌上連載了許多小短篇，甚至還拍了一部電影。

表面上看起來很有在做些什麼，偏偏我就是沒有寫《獵命師》！

有一天我在星巴克寫別的小說，看見有兩個穿著藍白拖的阿宅坐在附近，一胖一更胖，手裡各自拿著一本《獵命師》第十四集，聚精會神地看，口中還唸唸有詞。

看小說還用嘴巴唸出來，眞的是病得不輕。

我最怕遇到神經病了，所以我沒理他們，自顧自做自己的事。

直到我去尿尿的時候經過了他們那一桌，我才嚇了一跳。

這兩個阿宅拿著各種顏色的螢光筆、紅筆、藍筆，在《獵命師》裡面給我不停地劃線，還圈重點，嘴裡快速地念著小說裡的每一個字，像在念經。

不會錯的，這兩個怪阿宅在給我背書！

我的心中不禁感到一陣安慰……大眾小說一向被學校老師瞧不起，尤其是很受歡迎到讓學生冒險在上課偷偷看的大眾小說，更是老師視爲毒害學生的爛貨。

有時候我會接到學校老師的來信，信件標題寫著：「九把刀先生，我發現學生看太多你的小說，都會變成腦殘。」我就直接刪了，不屑點進去。

而現在，這兩個阿宅用準備月考的姿態在背誦《獵命師》，還將書裡劃得密密麻麻，爲什麼？

百分之百，絕對是——學校老師要考！

我好感動！眞的快哭了！

那些食古不化的老師終於發現我的小說不只不腦殘，而且對人類文明擁有巨大的貢獻啊！雖然考背書是有點太誇張了，不過……不過我也不是不能接受啦，反正又不是我考！

「同學，請問你們在做什麼？」我裝作不知道，忍住眼淚。

專注到連頭都沒有抬起，其中一個胖阿宅用非常憎恨的語氣說：「我們要把《獵命師》第十四集整本背起來。」

「範圍呢？要考哪裡到哪裡？」我有些哽咽。

我一定要問是那一間學校，然後降價去那裡演講！

「考個屁，我們是要去背書給九把刀聽。」另一個更胖的阿宅也沒把頭抬起。

「啊？」我不理解。

「九把刀太賤了。」胖阿宅不停不停地劃線：「《獵命師十五》一直都不出，所以我們要去他《殺手五》的簽書會，當著他的面把整本《獵命師》背完，讓他知道獵十五已經拖到大家都可以把書背起來了，逼他覺得很對不起讀者。」

「讓他知道自己有多可恥！」更胖的阿宅氣到肥肉都抖了起來。

我有些火大：「可是九把刀很認眞啊，即使一時不寫《獵命師》，他還是很努力地寫了很多其他精彩動人、無敵好看的小說，感動了很多無知也無腦的讀者啊，聽說還有很多男女因爲整天討論九把刀的小說，不知不覺變成了情侶呢！」

「什麼都寫！」他們異口同聲幹道：「就是沒寫《獵命師》！」

然後他們開始對著獵十四胡亂叫罵：「爛人！」、「富姦！」、「沒誠意！」、「斷頭比爛尾差勁一百倍！」、「網誌只回正妹！」、「江郎才盡！」、「只會亂講大話！」、「富姦！」

……什麼！富姦罵了兩次！

老師對不起！

眞的！看太多我的小說眞的會變腦殘！！

我拍拍他們的肩膀，慈祥地說：「那要認眞一點背喔。」

然後我就去尿尿了。

尿完以後我就完全忘了這件事。

後來在《殺手，無與倫比的自由》簽書會，在金石堂，我從下午兩點簽到晚上九點四十分，不是因爲我很受歡迎有很多讀者排隊，而是這兩個胖阿宅，滿臉怒容地站在我前面一起背了兩個小時的《獵命師十四》。

「老大，怎麼辦？」超正的簽書會主持人小仙女很緊張，一邊用手指偷偷在我的大腿上寫著「神經病」、還補了十個驚嘆號。

我倒是相當愜意，慢慢拍手：「科科科，幫他們打拍子啊！」

於是我跟小仙女就左搖右擺幫他們打temple。

最後我在他們的《殺手五》的書上，簽上「顯然背得不夠熟」這幾個大字。

阿宅澎湃的內心世界，根本撼動不了我。

原本我還打算繼續寡廉鮮恥地寫別的東西，比如出一本自嗨用的詩集、出一本我用左手畫的山水畫、寫一本騙錢用的《九把刀看水滸傳》、《孔子新解：來自九把刀的獨家觀點》。

BUT……

人生最雞巴的就是這個BUT！

BUT有一天下午我在台北捷運車廂裡一邊發呆，一邊開啓我的「正妹搜尋模式」時，發現左前方有一個氣質出眾、沒錢買布料只好無奈露出整個大腿的漂亮女生。

我深深吸了一口氣，震驚不已……

那個漂亮女生一手抓著椅背，一手拿著捲起來的《獵命師十四》，邊看！邊哭！

她的眼淚一顆一顆滴到書上，沿著頁面，慢漫流到她的手腕，整隻手都濕了。

此時不搭訕，豈不是比禽獸還不如！

「我也覺得這一本書，寫得非常感人。」

我感性地說，一邊遞上衛生紙。

「不是，是傷心。」哭得很崩潰的漂亮女孩，將臉埋進早就溼透了的書裡。

「傷心？哪一段？」我記得牙丸傷心是在第十三集的時候掛點的啊。

「大家在說，《獵命師十五》一直沒有出，是因爲……作者死了！嗚！」

眼淚又大顆又重，漂亮女生哭得抬不起頭。

「啊？九把刀沒死啊！」我失笑，不過還是不爭氣地摸了一下心臟。

「死了！」漂亮女生尖叫。

半個車廂的人都把頭轉過來，好像在抓色狼。

「怎麼會死了咧？」我趕緊解釋：「九把刀動不動就會寫部落格啊，也還有出其他小說啊！有時候也會去學校演講，有點過太爽！」

「死了！」漂亮女生叫得更淒厲了。

「幹麼咒他死啊？前幾天他還有去《殺手五》的簽書會啊，很多人都看到啦。」

「嗚！嗚！我認識的那一個……愛寫《獵命師》的九把刀，已經死了！」

漂亮女生繼續哭得不能自已。

這是什麼邏輯！

不過！正妹不需要邏輯！

正妹滿臉缺乏邏輯的眼淚，每一滴都讓我好心碎啊！

門打開，我呆呆下了捷運。

我的身體，我的靈魂，我另一個沒在笑的頭，都已經徹底反省過了。

不行，我要力挽狂瀾！

我要找回正妹深愛的那一個九把刀！

回家後，我立刻在網路上貼出一個很嚴肅的公告：「我發誓，在《獵命師》第十五集寫完前，我絕對不打手槍！不然我的睪丸就會在半夜睡覺翻身時，被自己不小心壓破！」

我才剛發完誓，網友讀者的回應就飆出一大串。

「《飛行》呢？那時好像也有用睪丸發誓啊。」

「喂，刀大，你的睪丸已經壓破了好幾顆了。」

「最好是啦。」

「《獵命師》？好像有聽過耶！啊！原來是那個《獵命師》喔！！」

「好羨慕喔，刀大一定有好幾顆睪丸……」

「歷史一瞬間！我們即將目睹，第一個睪丸被自己壓破的作家！」

幹。

你們這些只有區區兩顆睪丸的臭阿宅。

記得曾經有一個宇宙戰艦等級的偉人說過：「說出來會被嘲笑的夢想，才有實踐的價值。即使跌倒了，姿勢也會非常豪邁！」

面對排山倒海的嘲笑，我一頭熱血地打開新文件，敲下最新的進度。

每一行都是正妹的期待，每一個字都讓正妹深深地愛我。

「放心吧，我絕對不會辜負妳的眼淚。」我一邊寫，一邊微笑：「妳喜歡的那一個九把刀，正以不可思議的速度復活了啊！」

傳說中，大家都說我九把刀寫稿的速度很快。

但絕對沒想到……我比傳說中的傳說都還要快！

第二天，我就把《獵命師》第十五集的完稿寄給蓋亞出版社的編輯。

「寫好了。」我對著視訊微笑。

「這是全部？」編輯滿臉狐疑。

「對啊，YA！吃早餐YA！」我豎起大拇指：「正所謂一寸長一寸強，一寸短一吋險，這一集的《獵命師》比較短，不過完全不損好看的程度，驚險萬分啊YA！」

「這一集《獵命師》只有五千個字？這是故事大綱吧。」編輯的眼睛瞇一條線。

「……」我在桌子底下握拳，臉上還是裝笑。

「這五千字裡面，『哈哈哈』出現了八次，『總之就是以下這樣』出現了十七次，『反正這也不必多說』出現了二十五次，『科科科』一共出現了五十六次……還有，那個神之手指加藤鷹是怎麼一回事？」

「科……科科科？」我乾嚥了一口口水。

「繼續寫。」

編輯冷冷關掉視訊。

我大怒，我真的好想打手槍啊！

把新抓的片子塞滿上個禮拜才買的超大型硬碟，是我這個禮拜的主題啊！

過了三天，我全身發抖地將《獵命師》第十五集的完稿寄給蓋亞編輯。

衛生紙盒放在電腦旁，硬碟裡面的資料夾也確實做好了分類。

「前面寫得不錯，但九把刀……」編輯很快看完。

看那麼快，眞的很不尊重作者。

「這次我可是寫滿了六萬五千個字，我用word算過。」我很堅定。

「我知道你很喜歡用轟轟轟、砰砰砰、咚咚咚、斬鐵斬鐵去塡滿一整頁，效果通常也不錯，也很創新。」編輯的眼睛又瞇成了一條線……

幹，又是那條線！

「不錯就好啦！」我大聲道：「快點出！再不排毒我就要爆炸了！」

「但是你有五萬個字都是砰砰砰砰砰砰砰，會不會太過分了？」編輯關掉視訊前，冷冷丟下兩個字：「重寫。」

五萬個砰砰砰又怎樣！

完全很合理啊！

我就是想表達那種地對空砲擊的密集感，才會逼不得已一口氣用掉五萬個砰砰砰啊！爲了藝術，爲了新文學的誕生，就算我一時受到大家的誤解我也會咬著牙撐下去啊！

太痛苦了，我摔在床上大哭大叫……不過沒有打滾。

現在打滾的話恐怕會斷掉。

痛定思痛是我的強項。

很快我就靠著不斷深呼吸、跟上Youtube看許純美的訪談回復冷靜，重整旗鼓。

這個禮拜特別難熬。

由於我前一陣子已經線上刷卡了，萬萬不能浪費錢，所以我每天還是在網路上照抓片子，正常下載。

下載完了當然要打開檔案看看到底抓了什麼，看是不是經典，還是濫竽充數的大爛片——這一個確認影片品質的動作，弄得我呼吸大亂，內力差點在我的丹田裡爆炸。

我打電話給我的醫生朋友。

「睪丸……可以再生嗎？」

「當然沒問題——如果你是那美克星人，連屌都可以砍掉重練。」

爲什麼我要被逼著抓片！

爲什麼我不是那美克星人！

每天晚上，我都至少洗三次冷水澡，念佛經，看一些因果報應的小故事。

一個禮拜後，我滿懷自信地將《獵命師十五》的完稿寄給蓋亞編輯。

爲了表示我的慎重，我還特地穿了西裝，打了至少十年都沒打的領帶。

「寫好了。」我在視訊面前，露出彷彿在接受面試的假笑。

「我正在看。」編輯的表情很嚴肅。

「我算過了，上一本《獵命師十四》比前十三本都要厚，可是在我勵精圖治之下，這一本《獵命師十五》又比《獵命師十四》更厚，至少厚十頁！」

「九把刀。」編輯的眼睛，抽動了一下。

「嗯啊？」我又情不自禁開始握拳了。

不要瞇。

不要瞇啊！

「前半本寫得不錯。」編輯的眼睛，逐漸瞇成傳說中的那一條線：「不過後半本……」

我張大嘴巴，全身都軟了。

只剩下一個地方是硬的。

「我知道你很喜歡一頁單一行字置中的感覺。」編輯眼睛的那條線，射出泯滅人性的冷光：「不過你總共有一百頁都是一頁一句話，這樣看起來會不會太空曠了？」

「我就是要這種感覺！」我紅著臉大吼：「《火鳳燎原》的陳某也常常一頁一句話啊！浦澤直樹也常常整頁一句話啊！這是需要搭配非常高超的氣氛營造，才能使出來的特殊文字技巧啊——用棒球的術語來講，就是一擊必殺的全壘打啊！」

「其中你有二十五頁，都只用了一個驚嘆號擺在中間，很乾，是怎樣？」

「……科科科？」

「重寫。」

幹！

視訊結束的一瞬，我崩潰大叫：「如果發過的誓都會靈驗的話，那些政客早就死光光！我立刻就打！我立刻就要打！」

怒不可遏，我一拳將身後的牆壁搥了下去。

轟！

我是何等人物，這力拔山河的一拳登時將牆壁搥出血來。

等等……

「牆壁會流血嗎？」我有點狐疑。

很快我就發現，原來是我的拳頭在飆血，晃了晃，絕對有骨折。

命中注定……還是我賴以維生的……神乎其技的左手。

沒錯，男子漢豈能言敗，輕易放棄也不是我的忍道，於是我試了一下右手。

但，不管是動作還是觸感皆非常不自然。

！

我想起了，櫻木花道在接到流川楓唯一傳球的前一刻。

「原來左手……左手才是輔助。」

這一拳的骨折，將我打回了冷靜，頓時領悟到了天生我才必有用、萬物陰陽皆有互補法則的道理，大徹大悟，法喜充滿，馬上坐回電腦前格式化那一顆充滿負面能量的硬碟，健字如飛，誠懇踏實地面對《獵命師》第十五集。

遲遲沒有打手槍的結果，讓我的體力突飛猛進，首先是睡眠品質都大有改善，以前我都要睡八小時，現在只需要睡五個小時就覺得躺在床上很浪費時間。接著，不僅視力恢復了，不需要戴眼鏡了，而且還意外地發現我可以透視！然後我開始跑步，一邊跑一邊用我綁著繃帶的左手，跟每一個與我擦身而過的歐巴桑打招呼。

數日之後，我的手好了。

《獵命師十五》也確確實實攻了下來。

「人生，就是不停的戰鬥。」我欣慰地將繃帶解開。

我的手笑了。

我的頭，也笑了。

這一本《獵命師傳奇》，就獻給天底下每一個愛我、想我、不想我死的正妹。

妳們深深喜愛的那個九把刀，再度回來啦！

目錄

〈大風起兮，陰陽師傳奇〉之章

第439話

有人說，那是一個妖怪與人類共處的時代。

在那個時代，妖魔鬼怪不只活躍在深山惡水中，同時也潛伏在人類社會裡。

雖說共處，人類還是相當畏懼妖魔的存在。

——這也是無可奈何的事，畢竟雙方的力量太過懸殊。

山有七百八十六怪，水有八百四十四精，舉頭有靈，草木皆神，凡人所擁有的刀槍棍棒，對於那些修煉百年的神鬼魔怪來說根本不值一哂。

然而，天地蘊「氣」，陰陽有「咒」。

先說「氣」。

人類在一百萬次的肉體鍛鍊後，從失敗中學習，自絕境中逢生，終於理出頭緒，開創了武術，漸漸發現了天地之間蘊藏著無窮盡的「氣」。

起先，人類只是對「氣」有了非常模糊的理解，但仰賴智慧與實做，「氣」慢慢融入了武術系統，終於讓弱小的人類走上了「變強」的康莊大道。

這即是所謂的「以武悟道」。

許多掌握了「氣」的武術高手，不僅能劈斷堅石，以一當百，甚至還能用手中刀劍斬殺妖物，鬼神皆驚。

「咒」，同樣自古有之。

以人類所能理解的語言來說，「咒」，可說是「宇宙間包羅萬象的各種能量，所共通的轉借契約」。沒有不能訂定的契約，沒有不能轉借的力量，只是一切講究對等與交換，是以需要「修煉」。

原本「咒」只屬於修煉非凡的妖物與仙人所有，但不知為何、從什麼樣的機緣開始，或許是受多了「咒」的侵擾，少數的人類也開始得到「咒」的啓發，踏入「咒」的世界。

參悟了「咒」，人類得到了威力強大的超自然力量，口中唸唸有詞，手指結通印記，就能擊退神魔，進而支使妖物，正所謂「鬼使神差」。

「氣」與「咒」，孰高孰下，勝負莫測。

一般而言，習練「咒」的新術師，對抗妖魔的能力會大大領先鍛鍊「氣」的武者，但「咒」非常仰賴領悟力——也就是與生俱來的資質，除非是稟賦極佳者，根本無法進入「咒」的高深世界。所以鍛鍊「氣」的武者能力會逐漸追趕上習練「咒」的術師，乃至大大超越。

就結果來說，不管是任何時代的人類，刻苦修煉氣的武者，都要遠遠多過於鑽研咒的術師，所以威震天下的武將者眾，而留名歷史的術師則少。

這是一個關於「咒」的故事。

長月之夜，天空朦朧青光。

質地如細紗般的柔軟霧氣，繚繞在院子裡的老藤樹下。

庭下，有一棋盤。

一棋局。

手持白子的老者，穿著一身的深墨，好整以暇地將一子落下。

每一顆白子上，都散發出巨大的妖氣。

對坐在老者面前、手持黑子的中年男子，相貌俊美，眉宇間有一股颯然英氣，穿著素色的貴族狩衣，更有一股渾然天成的風雅。

思考了半晌，這才慢慢將黑子端放在棋盤上。

光是坐在老者面前，就算是第一流的棋手也會如赤身坐在雪池裡，全身僵硬。

可這位奇男子，在棋面上七十六顆黑白子的方寸攻防上，絲毫不落下風。

當今之世，這片土地上，唯有他，能夠與持白子的老者不卑不亢地持棋對奕。

煙霏霧集。

一名女子踏著輕緩的碎步，悄悄來到兩人身旁，倒上熱茶。

老者沉默，男子不語，各自捧起熱茶慢飲了一口。

那名斟茶的女子，不知何時竟已消失。

這一盤棋局，已經進行了一百一十七夜。

不急。

勝負不急。

上一次分出勝負，足足花了四百零四夜。

再上一次，則黑白交戰了三百五十七夜。

越是了解對方的棋，越是了解對方的人，這勝負也就越來越久。

或許，也越來越模糊。

門外一陣急切的敲打聲。

「晴明大人！晴明大人！」門外的男人倉皇大喊。

還不只一人：「不好了，西市鬧鬼了！鬧鬼了啊！」

「煩勞晴明大人……快點去西市收鬼啊！」

「晴明大人！晴明大人！」

早在這些城內居民來到這裡之前，這位被稱作「晴明大人」的奇男子，就已知道他們正在趕往這裡的途中，以及為何如此急切的原因。

不只是男子擅長占卜，更因為從城裡通往此處的小徑，佈滿了他結下的咒界。

整個平安京都是他的領域。

「今夜，就下到這裡吧。」

男子將手中黑子放回碗裡。

「也好。」

老者摸著鬍鬚，悉聽尊便。

第440話

西市，二十幾個粗壯的勇士拿著長刀與與長槍，圍成一個圈。

眾人胡亂大聲吆喝，驚嚇著困在中心的青色巨漢，同時也壯一壯自己人的膽。

不急不徐，穿著狩衣的男子隨著舉著火把與燈籠的居民們，來到了西市。

的確是鬼，男子心想。

那鬼足足有三個人高，手長過膝，臉孔如犬，赤裸裸一身暗青色的皮膚，猶如披了一層長了青苔的鱗甲在上。

是生長在山澗裡的精怪，叫羅鬼。

羅鬼的身上刻滿了十幾處新鮮熱辣的刀傷，背上還插著一根竹槍，顯然都是剛剛發生的格鬥痕跡。

這些壯丁雖然合力將羅鬼困在西市城樓下，也一齊重傷了他，卻不敢過分逼近，窮途末路的羅鬼可是爲求脫身，不計代價連傷了好幾個壯丁。

「大家讓讓，晴明大人到了。」

「晴明大人到了，讓讓，讓讓……」

備受信任的男子一到，眾壯丁似乎鬆了口氣。

鬆了口氣，卻不是將手中刀槍放下、連步後退，而是想到有人撐腰，膽子更壯，吆喝聲更大，手中的刀槍也更不留情地虛砍虛刺。

「羅鬼，你叫什麼名字？」

穿著狩衣的男子輕輕踏前一步。

「臭陰陽師！」羅鬼咆哮：「你管我叫什麼名字！等一下就吃了你！」

男子在心中嘆了一口氣。

這羅鬼受傷了，又驚又怒，嚇到連……裝模作樣的求饒都做不來。

山精的種類繁多，要修煉成羅鬼，至少要花上兩百年吞吐山澗霧氣，今晚主大霧，也正是大霧將羅鬼從山裡帶往此處吧。

不過羅鬼乃山澗低怪吞吐霧氣所化，畏懼陽光，一旦日出，不必這些人類動手，羅鬼自然就會全身燒灼而死。這些人自不知，但想必羅鬼心中非常惶恐才是。

男子想，距離日出還有一些時間，自己應該有辦法將羅鬼降伏，帶回居所，等重入了夜，再將他平安送回山裡。

「叫什麼名字，爲什麼到這裡吃人？」

男子耐著性子，藏在衣袖裡的左手與右手暗暗各自捏了個印。

「爲什麼要告訴你！」

又驚又怒的羅鬼一掌拍下，底下石板迸裂，嚇得眾人心膽俱裂。

沒辦法了，得先讓他感到屈服才行。

「大家退下。」

男子雙手緩緩伸出衣袖，將左右各自結好了的印，合成了咒。

從剛剛迸碎了的石地板底竄出了四隻粗壯的石手，牢牢地將羅鬼雙腿抱住。

「！」羅鬼大驚。

「哇！」就連那些故作神勇的壯丁也嚇了一大跳。

不等眾人反應，男子的雙手手指複雜交纏，快速地驅動剛剛施出的咒。

從地上冒出的石手越來越多，不只抱住身形巨大的羅鬼的腳，更合力將他拉倒，一下子，羅鬼巨大的身軀就被狠狠壓制，動彈不得。

脖子也被石手扭住，羅鬼的下巴都頂到了地，從這個角度，即使是急怒攻心的羅鬼也看清楚了，眼前施法制住他的男子，他的雙手手指異常得多，一共有十三隻！

這個擁有十三根手指的男人……

即使在荒遠的山林裡，羅鬼也聽聞過其傳說。

傳說中，這個奇妙的男人是修煉千年的狐仙與凡人所生，誰男誰女，都有說法，而這個狐與人相交所生的男子擁有可怕的法力，能夠咒役萬物，變幻大氣，眼下自己狼狽的處境，正好印證了傳說。

而這個男人……對了，剛剛那群人呼喚他什麼來著……

晴明。

是了。

此人正是京城裡赫赫有名的大陰陽師，安倍晴明。

「……」羅鬼奮力掙扎，卻一點效用也沒有。

「放棄吧，你不可能敵得過石神的力氣。」

安倍晴明蹲下，皺眉：「你應該在山裡，爲何來到京城？」

羅鬼還沒回答，拿刀拿槍的眾人已鼓譟起來。

「晴明大人！這妖怪吃人！」

「我親眼所見，他吃了兩個人！」

「請施法術將他斬首吧，晴明大人！吃人的妖怪一刻不能留啊！」

你一言，我一語，大家恨不得將羅鬼除之而後快。

不理會眾人，安倍晴明凝視著羅鬼的眼睛，緩緩說道：「你叫什麼名字？」

「……荒。」羅鬼沒有選擇。

「荒，你為何特地來京城吃人？」安倍晴明的語氣中沒有責備之意。

低下頭，深深嘆了一口氣，羅鬼咬著牙說：「我原本在距此三百里的山裡修煉，不意間在十個日月前，在山裡遇見一個迷了路的老人。」

「嗯。」安倍晴明點點頭，示意荒繼續說下去。

「人……我以前只有遠遠看過，但沒吃過那種東西，一時好奇，便走過去吃了一下。」荒老老實實地說：「從此以後就一直念念不忘。」

「人的滋味嗎？」安倍晴明淡淡地說。

「……」荒無法否認，只好壓低了臉。

於是，趁著霧氣，荒一路從山野來到京城。

沿途自然不只吃了一個人。

一到京城，人氣鼎沸，荒當然毫不客氣就吃了兩個人先，不料卻被眾人圍捕。人雖然弱小，但人多勢眾，傷了幾個同伴後也將荒砍成重傷。

接下來，就是此刻的悲慘局面了。

「荒，你今晚吃了這裡的人。」

「是。」

「在人的世界裡，殺了人，就要以命來償。」

「我……」

眾人又開始鼓譟，叫罵，還有人哭著拿刀作勢要砍、嚷著報仇。

終於，荒全身哆嗦了起來。

剛剛這個羅鬼都處於急著逃命的對峙狀態，又驚又怒，急著想脫身，急著想喝退這些人。越是急切，越是憤怒，根本沒想到所有的情緒都來自於「恐懼」。

「現在的你，感到了害怕。」安倍晴明的聲音充滿了平靜。

「是。」荒流淚。

「原本你是不吃人的，只是貪戀人的味道。」

「……」荒全身發抖，與剛剛的凶神惡煞狀判若兩人。

「那麼，後悔吃了人嗎？」

「是。」

「若今天這些人放了你，你可以發誓，從此不再吃人？」

安倍晴明此話一出，所有人都呆住了。

「願意！」荒的眼神發出光芒：「我願意發誓！」

一個眼睜睜看著朋友被吃掉的男人大叫：「晴明大人！絕不可以被騙了啊！」

扶著受傷夥伴的男人也焦急大叫：「萬萬不可！」

「伸出舌頭。」晴明自顧說。

像是溺水抓住了扶木，荒木趕緊依言伸出長長的、佈滿青苔的舌頭。

安倍晴明伸出手，快速在荒的舌頭上寫下咒語。

安倍晴明起身：「呑下。」

荒連忙一口呑下，咒也就跟著給呑進了肚子裡。

肚子大大鼓脹起來，旋即慢慢消解下去。

「呑進了自己的誓言，若又吃了人，立刻就會消散爲霧。」安倍晴明嚴肅道。

「明白。」荒看著自己的肚子。

安倍晴明眨了眨眼，那些壓制住羅鬼的數十隻石手登時碎裂成沙，落在地上。

徹底臣服了，感激不盡的羅鬼匍匐在地上，對著擊敗了他、卻也救了他一命的安倍晴明叩拜、叩拜、再三叩拜：「感謝您，狐神之子，荒回到了山野，定會將您的傳說也一起帶回。」

有點欣慰，安倍晴明正想說句道別的話語，一個人影迅速從圍觀的人群中衝出，趁著羅鬼正在恭敬磕頭，一刀斬落了羅鬼的腦袋。

「哪這麼便宜……血債血償！」

動刀的人用力一腳，踩在羅鬼掉落的頭顱上。

究竟是生命力頑強的精怪，身首分離的羅鬼雙眼還大大睜著，瞪著安倍晴明。

瞪著。

嘴巴張著，露出再也無法吃人的獠牙。

眾人一擁而上，長刀砍下，長槍刺下，竹棍揮下，將羅鬼的身軀刺得一場糊塗，兩隻手兩隻腳都分了家，最後荒的腦袋則在歡呼聲中被高高拋起、拋起、拋起。

「據說將鬼的頭掛在門板上，可以驅邪？」

「我聽說的是，鬼的頭角可以磨成藥粉，能治傷寒呢！」

「頭角治傷寒我有聽過，獠牙串起來當項鍊，據說進山不會迷路呢！」

「什麼啊……還是應該將鬼頭放到神社去燒毀啊？免得他繼續作怪。」

「頭是我砍下的，我……我要怎麼做就怎麼做！」

「問晴明大人吧！」

「晴明大人？該怎麼處置這顆鬼頭啊？」

「晴明大人？」

「晴明大人！」

安倍晴明早已閉上眼睛，面無表情。

雙手，緊緊握拳。

福氣笑神

命格：情緒格

存活：一百五十年

徵兆：許多業務都有這種症狀……不停地笑，不管面對多雞巴的問題或責難，就是一股勁的笑，打心底認為世界最棒的商標就是笑臉，不管陷入多大的困境，一定可以靠著笑笑笑，就笑出了絕境。

特質：伸手不打笑臉人，這種觀念可以幫助維持一定的人際關係，但也是虛偽的另一種可能。所以命格的力量跟宿主的個性有關，如果是虛偽，宿主越努力地笑，命格就只能幫你克服眼前的短暫困境，但如果宿主很誠懇，就會產生進化。

進化：滄海一生笑

第441話

「你的性格，比這棋局還彆扭。」

「人，原本就充滿了矛盾。」

庭下，繼續著昨晚未盡的棋局。

今晚無霧，霧在棋局上。

「如果你想殺羅鬼那種小妖，用式神咒隨意召喚出的咒獸都能殺了羅鬼，根本不必大費周章叫石怪抓住他，白花力氣。」老者輕撫白子。

「……」

「就算你不想殺羅鬼，想救他，明明你可以令在場的所有人在眨眼間灰飛煙滅，再慢慢放走羅鬼，最後羅鬼也不會死。」

「……」

「如果你不想殺那些人，又想救羅鬼，施法把那些人定住了，再大大方方放走羅

鬼，也不是做不到。」老者瞇起眼睛：「事實上，這才是最好的辦法，從一開始你也就知道。但是，你選擇的方式，卻讓羅鬼死了。」

最後羅鬼還是死了。

是啊。說是自己間接造成的也不爲過。

但並不會總是這樣的。

「人類的靈性很高，施以教育，便會慢慢了解如何與萬物共生之道。」

從容不迫，安倍晴明落了黑子。

不需看著晴明清澈的眼睛，老者就知道，安倍晴明是眞誠相信自己說的話。

有些傳說，的確言中。

眾所崇仰的陰陽師安倍晴明，乃狐狸與人類相交所生。

不過，傳說並不知道的是，那隻「狐狸」可不是一般的狐狸，而是遠從西方而來的堂堂巨妖——九尾妖狐。

其時九尾妖狐在中國遭到一群奇士連日圍攻，身受重傷，聽聞東方有群島扶桑，乃妖怪群聚的第一大國，血族天皇的魔力更是凌駕在各方人類勢力之上。

扶桑島國與中土隔了片海，就連那些法力強大的奇士都不敢輕易進犯，到了扶桑一定可以受到血族天皇的庇蔭。

打定主意，瀕死的九尾妖狐用最後的法力化身爲美麗的女子，假裝爲了逃避父母的媒妁之言誤打誤撞搭上出海的商船。

在海上經過長途跋涉，連幻化爲人的微弱法力都快失去時，九尾妖狐打算大開殺戒吃掉整船人進補元氣之際，卻愛上了船上一名眉清目秀的書生。

愛情，往往是悲傷的命運之始。

不想書生受驚，更不想書生害怕自己，九尾妖狐只得不斷壓抑想要吃人的本能。大海遼闊，星月無盡，兩人在船上私定終身。

與書生一番雲雨後，九尾妖狐懷了孕，只七天就生下了一個嬰孩。

常人豈有懷胎七天便臨盆的道理？書生大駭，萬萬無法接受。

而九尾妖狐自己也沒有料到的是，這孩子在自己肚子裡僅僅七天，就吸收了來自自己大量的先天妖氣，讓原本就元氣大傷的九尾妖狐更加虛弱。

爲了抵抗海盜打劫，商船上雇有許多驍勇善戰的勇士，如果書生大聲嚷嚷說有妖，不要說保護孩子了，九尾妖狐連自己都逃不了。

捧著孩子的九尾妖狐只得據實以告，哀求書生善待兩人的愛情結晶。

雖是愛情結晶，但這孩子的身上擁有一半妖血，吉凶禍福，難以逆料，書生一時心情複雜，沉默不語。

九尾妖狐嫣然一笑，即落海自盡，書生追悔不已。

終於，商船抵達東瀛扶桑貿易。

不想孩子日後成妖害人，書生即帶著嬰孩尋找合適的僧侶或陰陽師。

尋尋覓覓，覓覓尋尋，某日書生巧遇大法初成的陰陽師賀茂忠行，便將模樣奇特的嬰孩託付給他，並老老實實將海上的一段情愛因緣細訴予賀茂忠行。

「法師，這個孩子，以後會變成吃人的妖怪嗎？」書生淚目。

「這孩子，有自己的旅行。」賀茂忠行輕撫懷中的嬰孩。

書生拜別。

據說後來書生揚帆大海，不斷尋找生死未卜的九尾妖狐。

孩子漸漸長大，賀茂忠行以一友人姓氏賜名，安倍晴明。

安倍晴明天生畸型，擁有十三指，能結常人所不能結之印，開鬼界，闖異門。

手指的異常極容易被發現，可許多人都不知道，在安倍晴明的舌下還藏有另一小舌，此舌不需訓練便能言魔語，雙舌齊動，陰陽合璧，能出威力強大的咒語，甚至能自行創發以前從未存在過的咒念。

天賦異稟，又擁有先天妖氣，安倍晴明十四歲便盡得賀茂忠行的陰陽術眞傳，其後更是青出於藍，屢屢創下各種神奇傳說，成爲萬人景仰、朝廷倚重的陰陽師。

由於安倍晴明具雙重身分，一半人血，一半妖血，他的生命並非仇恨帶來，而是跨越兩族的珍貴愛情。是以安倍晴明深信自己的降世，必定有著維繫兩族和平的奇妙因緣。

爲此，安倍晴明一直試圖消弭人與妖之間的對立。

一次又一次，他幫人類除退恐怖的惡鬼。

卻也不斷藉機教育人類，與妖怪的相處之道。

安倍晴明深信，終有一天……

終有一天……

第442話

老者又下了一顆子。

這顆化爲凌厲攻勢的白子落下時，吹起一陣令萬物難受的妖氣。

安倍晴明紋風不動。

「錯了，大錯特錯。你讓羅鬼死了，也讓那些人類從殺戮妖物中得到了難以言喻的快感。」老者的身上繚繞著深沉的黑暗力量，稍微提高音量，庭外便刮起了一陣黑風。

「……殺害生靈，豈有快感？」安倍晴明嘆息。

大有快感啊孩子，但老者避而不答，只是說：「發現妖物確實可以殺死後，人類只會越來越勇敢，咒不是你我獨有，對於咒，人類會越來越熟悉，力量也會越來越強。」

安倍晴明不置可否。

老者繼續說道：「而你的名聲……大陰陽師，安倍晴明，也會與斬妖除魔越來越近。」

這一句話，說中了安倍晴明的痛處。

令他手中黑子久久難以落下。

人類不僅非常矛盾，也非常貪便宜。

他想起了一件事。

明明知道生命可貴，百日前有人拿著鋤頭殺了一隻偷吃廚糧的懷孕母貓，導致妖氣與充滿怨念的貓靈結合，成了貓妖。

而後貓妖夜夜作祟，殺貓之人求助陰陽師，想用撫靈儀式平息貓妖的怨恨。

有這麼便宜的事嗎？

「要超度這隻貓妖，得用陰陽術從你身上折壽十年，再施法將命力過嫁。」

安倍晴明在與貓妖溝通後，鄭重地向殺貓之人說明。

「折壽十年！」那殺貓之人大怒：「豈有此理！請晴明大人直接咒殺牠吧！」

沒有深仇大恨，爲了一時氣憤不平殺了貓，卻在事後想以簡單的陰陽術慰撫貓靈、甚至消滅貓靈，過往的所作所爲與今日所受的代價不成正比，豈有如此之理？

與其說人類恐懼妖物，不如正色地說：妖物，從未受過人類的尊重。

安倍晴明越是想扭轉這樣的局面，越是挫折。

日本各地，一直有到處旅行的陰陽師或僧侶以斬妖除魔為己任，也一直都有豪傑將殺鬼當作追尋武道的修煉，但自己……

「我從未斬妖除魔，我只是竭盡全力在陰陽兩道中求取共生。」

安倍晴明又落一黑子，採取了壁壘分明的守勢。

「是嗎？」老者輕蔑地笑了出來：「那我真是誤解了人類對你的看法。」

想都不想，白子繼續攻擊。

「……你是無法在我心中製造困惑的。」

安倍晴明黑子又落，築起城牆。

「當然，你我力量不分上下，我豈能在你心中製造困惑？困惑，其實一直都在你心中，只是你一直刻意忽略罷了。」老者莞爾，旋即又攻一子：「不過人類的所作所為，會一直提醒你這個困惑，猶如心中之刺。」

心中之刺。

當今之世，能與安倍晴明夜夜下棋的「人」，能誰？

當然只有黑暗世界的君王，徐福。

第443話

過了快一千年，當初與姜子牙對戰所受的傷已經痊癒，此刻徐福的力量，當然在安倍晴明之上，但驕傲的徐福願意在言語中降稱自己的力量，足見他對安倍晴明的欣賞。

不必師父賀茂忠行提醒，早慧的安倍晴明很早就看透了這個國家的眞面目。

妖物千奇百怪，但有一種嗜血妖物徹底盤據了這個國家背後的權力。

那種嗜血妖物，簡稱「血族」。

血族跟自己有一個共通之處，便是「一半是人，一半是妖」。

有的妖物呑霧維生，有的妖物啃食其他的妖物，有的妖物從日月精華裡得到滋養，有些妖物吃點樹皮雜草就能修行，而這種從人類「妖化」成的血族怪物，基本上保有人類的思想與型態，卻必須反過來吃食人類的血液才能存活下去。

安倍晴明不討厭血族。

想一想，如果有一些鬼怪勢必要靠吃人才能生存，他們不吃人，難道教他們坐以待斃？

吃，是一定要吃的，只是「怎麼吃」？

至於人類遇上了張大嘴巴的血族，不想被吃，當然會奮力抵抗，用兵器，用咒語，用氣，理所當然會什麼就用什麼……但如果最後還是被血族宰了，也很正常。

萬物用肚子循環，大地皆是如此，不是嗎？

與只知道肚子餓了就吃人的妖物相比，血族遠遠不簡單。

爲了確保能順利吃到人血，千年來血族不斷擴張勢力，直到此時此刻完全將手伸進了這個國家的心臟，一把牢牢抓住，卻小心翼翼絕不捏碎。一方面不干涉人類社會的自然運作，一方面建立紀律嚴明的地下國度，暗中圈養人類。

或許正是因爲血族是由人類直接妖化而來，血族也最懂人類的思維，默默建立的地下國度也與人類社會極度接近，所以雙方維持的「恐怖平衡」也最穩定，遠遠超過其他妖物所能達到。

血族用整個扶桑群島的規模圈養人類，但人類除了權位最上者外，幾乎都不知道自己是被圈養的一員，不知不覺、無知無感就獻出生命，或許，也是最佳的共生方式。

這都多虧了——徐福的強大。

在安倍晴明的法力還沒完全成熟的十八歲之年，終於突破了「十拳結界」的八岐大蛇在河川作亂，無數官民喪生。

安倍晴明星夜趕往山區對抗，豁盡全力，召喚許多式神與咒獸都無法壓制八岐大蛇，束手無策，卻又無咒可施。

……徐福出現了。

徐福展現了壓倒性的力量，將八岐大蛇驅趕回十拳結界。

「佩服。」

安倍晴明，初次與徐福見面的第一句話。

「就算我不幫手，再過片刻，另一個你也能夠擊退八岐。」

徐福吹著手中青煙，凝視著這個他暗中注意很久了的天才陰陽師。

他的眼神，不禁帶著點羨慕的光采。

「另一個我？」安倍晴明注意到徐福異樣的眼神：「什麼意思？」

「你的體內隱藏著與我不相上下的力量，那是你的母親九尾妖狐的血，是以你一生下來就擁有千年道行。」徐福散發出龐大的妖氣，試探性地擠壓安倍晴明的身體，繼續說道：「當你捨棄人的靈魂，全力蛻化成妖的話，一直被囚禁在結界內的虛弱八岐是鬥不過你的……只是，一旦你化身爲妖，身體裡就只剩下妖狐的血，再也不能變回人類。」

面對徐福驚人的妖氣，站在瀑布上的安倍晴明，體內隱隱生出一股對抗之力。

那股對抗之力發自靈魂深處，乃一狐狸的眞氣型態。

「對你來說，我是人，是妖，又有什麼分別呢？」安倍晴明不加思索。

這個問題，令徐福睜大了眼睛。

有趣。

這個孩子實在是太有趣了。

徐福想了片刻，這才將心中的答案理了出來：「擁有一半人的靈魂，再用妖的眼睛看這個世界，會格外有趣。」

其後，安倍晴明開始了這個所謂「有趣」的探索。

血族在城裡吃人，被發現了，安倍晴明照樣出馬施咒，擊退血族。

「夠了，無論如何你們不該在街上公然吃人。」

「夠了，這幾天的份量夠了。」

「夠了，再不罷手的話就只能以力屈人了。」

「夠了，儘管帶走你們手上的，留下其他所有的人。」

「夠了……夠了……將今晚你們所見告訴其他的同伴，看咒！」

一夜又過了一夜，二十年過去了。

妖怪沒變。

人類，也沒變。

安倍晴明不知驅退了多少次過度侵擾人類的血族，甚至就地滅殺了無數次。

打狗看主人。

詭異的是，徐福沒一次插手過。

不僅不插手，一天要吃足十個人的血，徐福，亦從未在安倍晴明面前吃人過。

即使是負責維持地下秩序的「平安京八絕鬼」遇上了法術強大的陰陽師安倍晴明，被咒語呼喚出來的式神與咒獸打得落花流水，徐福，還是無動於衷，隨安倍晴明打自己小孩去。

有一次，偏不信邪的八絕鬼聯手大亂，連傷數百人。

無可奈何，安倍晴明一鼓作氣除掉了其中三鬼，更將其他五鬼打得跪地求饒。

「你爲何不幫手？」安倍晴明滿身血跡地回到所居之地。

「我很珍惜與你交手的機會。」

徐福拈鬚，飄步微笑：「來，繼續下棋。」

人鬼

命格：情緒格

存活：兩百年

徵兆：典型的不要命也不要臉的流氓個性，拿起酒杯就往頭上砸，海底放槍就抓起桌腳一翻，考卷不及格就撕掉，一點品都沒有。

特質：與命格「盲獸」有異曲同工之妙，抓狂就是最直接的戰鬥力。但如果對手也有抓狂的人格特質，宿主就會在交手的過程中吸取對方的能量轉為自己的能量，自己就變得越強。反之，對方越冷靜，宿主就會因為吸取不到能量而顯得越焦躁。

進化：殘王、大怒神

第444話

棋局分出勝負，又起新局。
又過了數百夜。
而這一夜，膨脹飽滿的月亮，像是要滴出黃色的汁來。
今夜沒心思與徐福弈棋，安倍晴明獨自漫步護城河邊，排遣牢騷。
從未被記憶的事件，就發生在這一輪即將染血的滿月之下。

七日前，毫無徵兆，位於出雲的「十拳結界」不知為何又破。
八岐大蛇興奮脫困，立即吞下了結界附近三個村莊的一千村民，又在蠻荒山區裡橫衝直撞，吃了好幾百個傻眼的妖怪，舉目望去，眼界所及活生生的東西都吃光後，隨即潛入河中。
八岐消失了，而河中的數百上千個水妖也以驚人的速度消失。
幾個僥倖逃過一劫的妖怪，慌慌張張趕來告訴安倍晴明。

安倍晴明非常困惑，掐指卜卦：「二十年前才佈下新的結界，沒道理這麼快又破。難道八岐的修煉有了新的造化？咦……怎麼算，都算不到八岐現在在哪？」

陰陽平衡。晴明深知凡事不能太絕，否則便會累積反噬。

上回不僅藉徐福之力驅退八岐，八岐的體內也被晴明下了兩個咒。

一個咒是「萬夢沉睡咒」，足以讓八岐平平安安地睡上一百年，這一百年裡八岐的八顆笨腦袋將做足一百萬個夢，不算虛度。

另一個咒是「千里箍」。

百年後八岐夢醒，必定會趁十拳結界的力量變弱，破出作亂。

作亂便作亂吧，總不能老是壓制著牠，但等到八岐過足了食癮，到時便能藉千里箍咒算出八岐的棲身之處，再度施法收服起來。

可是，現在怎麼算，都找不到龐然大物的八岐。

「難道八岐游出了海？游出了千里之外？」安倍晴明忍不住自問。

或許吧。

大海裡的海妖身形龐大，八岐可以吃個過癮，出海覓食不算意外。

但，有件事令安倍晴明非常在意。

即便八岐現在出海逍遙，可十拳結界的力量是徐福親手封印的，附著五行，距離上次封印不過二十年，結界的威力依舊強大。

八岐大蛇非常兇暴，但畢竟是隻笨蛋畜生，就算莫名其妙從「夢萬沉睡咒」中醒來，也只知道用巨大的蠻力衝撞，哪曉得配合五行方位、解開結界？

「有人破了徐福跟我下給八岐的咒？」安倍晴明皺眉。

如果是眞的，會是誰呢？

不是徐福，不是自己，論結界之強，除非日本國所有的陰陽師一起聯手，否則結界不可能破。還是，日本國內還有自己還不認識的天才陰陽師？

又，如果只是想縱放八岐作亂，來個幸災樂禍，尚可理解，可八岐現在又徹底消失，感覺起來就像是有人「偷了」八岐大蛇一樣？

到底是誰有能力偷八岐，偷了又要做什麼？

總之不會是好事。

而如果對方有能力偷走八岐，那麼，那一件所謂的「不會是好事」，肯定將著落在安倍晴明的身上。

說不定，還要與八岐戰鬥。

年齡幾乎與這個國家的歷史一樣長，八岐，是一頭擁有悲傷命運的超級大怪獸。牠吃飽了便很乖，雖然很醜……不過睡著了的模樣還是頗爲憨厚。

可惜八岐命運乖違，牠的食量大到無法與天地萬物平衡，不是天滅，就是牠亡。吃不夠時就暴躁異常，爲了吃到更多的東西，不惜衝撞與牠對抗的一切。

或許長期沉睡最合適八岐。

偶爾幾百年放風一次，再讓牠繼續安睡下去，應該才是平衡吧。

「八岐，我一點也不想傷害你。」

安倍晴明嘆氣。

這二十年來，自己的法力與咒術是二十年前小毛頭的數以倍計。

若戰鬥避無可避，這一回，八岐可有得苦受。

忽地，空氣瀰漫著一股不尋常的灼熱。

「？」安倍晴明皺眉，看向東方。

火災水厄也是大自然的一部分，通常平安京裡有什麼火災水災或是地震，安倍晴明也不特別理會，而是專注在消弭妖怪與人類之間的衝突上。

但，此時漫步在護城河旁的安倍晴明，很直覺地在袖中掐指卦算。

平安京的東方城牆底下冒出熊熊烈煙，遠遠望去，火勢似乎不小。

「不對。」

安倍晴明看著一下子就燒上天的大火，不斷運算的手指在袖中始終無法捏出個形，心想：「不大對勁。」

重新算起。

這次是雙手齊算。

「有人破壞了結界？」安倍晴明依舊無法用手指掛算。

平安京可說是安倍晴明的老家，無一處沒有他設下的結界，有任何風吹草動，只要一掛算，結界都會告訴安倍晴明最清楚的情況——這幾年已沒有任何妖怪膽敢在平安京裡做出驚天動地的大案。

無法掛算，意味著有人刻意施法干擾平安京的法場。

長久佈下的結界被破壞，而自己卻沒有發現，更意味著對方是高手。

「這麼有把握？」安倍晴明笑了。

笑了，是因爲施法破壞結界的人，一定也料算得到，安倍晴明一下子就會因無法掛算知道有高手侵入了自己的地盤。

而東城底下的火災，正是充滿敵意的「對方」大大方方設下的陷阱。

「引，水，幻，身，咒——起。」

安倍晴明伸手捏了個印。

咒不能無引而發，於是水氣震動，咒靈迅速尋找最近的水源以利成形。

身後的護城河裡立即躍出十個濕淋淋的河童式神，矮著身子跟在晴明身後。

不該去，越要去。

第445話

平安京的高蒼小路與左女牛小路的交叉口，果然大火。

在建築緊鄰的大城裡，半夜火災是最可怕的禍事，一轉眼已令二十幾戶人家烈焰沖天。現場早已擠滿了爭先恐後逃命的人、焦急大叫提水滅火的人，不管是誰，一見陰陽師安倍晴明來了，身後又浩浩蕩蕩跟了一群怪物模樣的東西，眾人彷彿見了救星，又哭又叫地請晴明出手。

「大家讓開，讓河童幫忙。」安倍晴明一說完。

不等目瞪口呆的眾城民反應，身後的十個河童式神立即張大嘴巴，從口中噴出綠色大水，十道在天際彎了一道又一道弧的巨大水柱一下子就將大火撲滅。

火一滅，難聞的黑煙四起。

「這裡有不得了的妖怪作祟，大家快點扶著傷者離開。」

安倍晴明凝視著黑煙深處，看不出那裡有著什麼。

一提到妖怪，來不及為火滅而歡呼，這些城民全都逃了個乾乾淨淨。

只剩下濃密的黑煙還未散去。

十個河童式神猶如盾牌，將安倍晴明圍在中心。

「剛剛火的氣味，充滿了咒的力量。」

安倍晴明對藏在濃煙裡的敵人說道：「這咒不是日本的陰陽術法，引火者，你來自西方中土？」

一邊說，一邊輕輕抓了一把黑煙。

黑煙被晴明這一抓，立刻快速捲了起來，捲著捲著，越捲越快，直到被晴明的咒力化爲一把輕飄飄的鋒利黑劍爲止。晴明罕有的認眞。

煙沒了，躲在裡頭的敵人也現形了。

「妖狐，果然讓你躲到了這裡。」

一個似乎不屑採用偷襲的虯髯大漢，拿著大砍刀，上身赤裸地站在路中間。

裸身上，塗著奇特的紅色血跡，是某種文字。散發出濃烈咒力的文字。

那虯髯大漢所說的語言，來自安倍晴明同樣通曉的西方中土。

「我們遵照老祖宗遺命，要來這裡取徐福人頭，卻有意外發現。」

又一個昂藏大漢從安倍晴明身後的廢墟緩步走出，同樣上身赤裸，皮膚上塗寫了紅色的異國文字，散發出猛虎般的殺氣。

手裡抓著一條鐵棍，隨意一揮，刮起一陣熾熱的風。

「鼎鼎大名的安倍晴明，沒想到是你這個九尾妖狐所扮。」

第三個人影是個雙十年華的女子，雖是女兒身，亦毫不避諱半身赤裸，咒字紅光燐現，踏著焦黑敗破的屋簷一躍而下。

女子手裡拿著一把長劍，長劍劍脊上有火舌繞竄，潛藏的力量呼之欲出。

「欺世盜名，跟徐福那老鬼不相上下。今天除了你先。」

第四個人是個身高瘦長的白鬍子老者，穿著黑色布衣，衣袖雜亂捲起。

手裡沒有拿著任何兵器，雙掌如爪，握著兩團烈火。

這個不滯於物的老者顯然是四人中的帶頭人物，那兩團逼近純白光的火焰不斷擠壓周圍的能量，發出嗶剝嗶剝的氣爆聲，十分危險。

來者，皆善用火。

來者，皆不善。

主角威能

命格：天命格

存活：無

徵兆：最後一秒，落後一分，球在你手上，臨危出手怎麼投怎麼進！只要事情一牽涉到友情、夢想、愛與勇氣，主角點燃心中的怒火，不管是小宇宙、查克拉、戰鬥力還是道力，統統都會瞬間增強到足以破關的程度。

特質：只要是主角，就會被賦予的「外掛」，明明實力就落後敵人一大截，卻還是仗著不可理喻的力量獲勝，由於此命格能力太強，簡直作弊，故無法精確分析。命格吃食宿主敵手的「難以置信的悔恨」而茁壯。著名的宿主是範馬刃牙。

進化：居爾一拳

（劉承恩，男，台南縣，開始學習身體知識的十八歲）

第446話

空氣異常燥熱，接近地面的景色全都因高溫扭曲了起來。

逼得十個河童式神靠攏得更緊，就像十門堅固的水盾擋在晴明面前。

「偷走八岐的人，就是你們吧？」安倍晴明淡淡地說。

明明這四個不速之客所散發出來的力量，即使綜合起來，都還在安倍晴明之下，但安倍晴明卻感覺到一股令他心浮氣躁的「氣氛」正隱隱醞釀。

那股奇怪的氣氛是他既陌生又熟悉的。

有種直覺。

「當年，我的母親九尾妖狐，就是被你們追殺的吧？」安倍晴明直言。

「沒錯，一開始我還不相信享譽天下的安倍晴明會是妖怪所化，但你身上那股九尾妖狐的氣味，我一輩子都忘不了。」手持雙火的老者露出一口森然白牙，說：「想必那妖怪一邊逃命一邊生育了你，不簡單的怨念啊……」

原來如此。

母親對這一群人的恐懼，早跟著那一股先天妖氣進入了自己的體內。

多了這一層理解，恐懼就不是沒來由的，安倍晴明反而鬆綁了自己的不安。

「來之前，我們對你還存有妄想。」虯髯大漢將大砍刀架在肩上。

「一個能夠在徐福控制的妖魔國度裡，最接近最高政治勢力的平安京裡，毫無顧忌斬妖除魔的陰陽師，必定有著與徐福抗衡的高強法力，否則早就被徐福生吞活剝。」手持長劍的女子板著一張臉，繼續道：「數個月前，你一個人戰勝平安京八絕鬼的事蹟傳到了西土，我們烏家估計，如此一個正義有爲的陰陽師，與大魔王徐福之間的戰鬥勢必白熱化，於是我們決定要渡海東來，與你聯手將徐福剷除。」

虯髯大漢瞪了女子一眼，好像在責備她說了太多。

「豈料，我們越靠近你，千年命格『國破境絕』的感應就越強烈。」甩著鐵棍的昂藏大漢朗聲道：「哈哈！原來你不是徐福的眼中釘，而是早早就被那老鬼收編的一條狐狸！」

火燙的鐵棍快速地甩著，空氣也一波一波被烤得哀號了起來。

「命格？國破境絕？」安倍晴明不懂。

隱隱約約，那些隱藏在這幾個字字面之下的「特殊意義」，似乎觸動了安倍晴明的心思。說不定，多年來某些自己無法掌控的「生命能量」，答案能夠在這些人的身上找到。

白鬍子老者舉起手，示意大家不用再多話。

既然決定在擊殺徐福之前，先行剷除這個與惡魔合作多年的假陰陽師，就貫徹到底吧。多費唇舌無用，今晚要忙的事還有很多很多……

也沒把安倍晴明當作是束手就擒的蠢蛋，四個不速之客採取慢慢接近的方式。

每走一步，他們體內散發出來的奇特能量就更加膨脹，不斷壓迫著安倍晴明。

慢慢踏著絕佳的五行方位，眼觀八方，安倍晴明默念著咒，強化十個河童式神的防禦能力，一面小心翼翼地觀察。

不愧是天才。

安倍晴明很快就用敏銳的第七感察覺：這四個人「本身」就很強，但真正教安倍晴明困惑且不安的，是他們所咒化出來的附加力量，那股奇特能量並非絕對的、具立即摧毀性戰鬥力，卻飽滿了獨特的生命，擁有無限的延展性。

強大的母親，就是被這些人擊敗——被這種生命能量擊敗！

不可小覷。

距離還有三丈，虯髯大漢停下腳步，架在肩上的大砍刀高高一舉。

「火炎咒——裂陽砍！」虯髯大漢揮刀，一道眞氣劈開了空氣。

那眞氣直到進入安倍晴明一丈範圍內才化作有形的火焰，張牙舞爪炸了開來。

不等晴明指示，兩個河童式神雙拳合璧，硬生生用水盾擋下了這一招。

……不，沒有擋下。

烈火在河童式神的雙手四拳燒成水煙，一瞬間，兩個河童式神痛苦倒下。

火炎咒的威力尚且不止，剛剛那一招繼續穿透，同一時間又將兩名擋在安倍晴明面前的河童式神給爆成碎片，直到安倍晴明用黑煙捲成的利劍親自攔下爲止。

唯一的女子早已趁機躍上高空，長劍如龍，從上而下搶攻：「火炎一劍！」

「！」安倍晴明沒用黑煙劍與抗，而是不急不徐捏了個震訣往上一彈。

氣流無中生有，將女子整個盪了開來。

可這一盪，也換來了昂藏大漢整個大開大闔地攻入，只用了兩棍，區區兩棍，烈火飛騰，就將剩餘的六個河童式神殺了個乾乾淨淨。

而第三棍，已朝著安倍晴明的身上招呼過去。

並非武鬥本色，但妖力無窮，安倍晴明還是奮力用黑煙劍將挾著雄渾之力的那一棍擊開，手中喃喃不知是何咒語，令昂藏大漢整個頭暈目眩，眼中好像有十幾個安倍晴明往自己攻來。

這可不是一打一。

「死！」大砍刀追近，毫不廢話劈在安倍晴明背上。

安倍晴明被劈了個兩半，卻沒流出半滴血，只是洩了滿地的水。

手持大砍刀的虯髯大漢回頭一看。

眞正的安倍晴明早算準了，挨刀的一瞬間施法與倒在地上的河童式神換了身，此時更虛遁開來，站在三名搶攻的不速之客大砍大殺的方圓之外。

安倍晴明嘆氣：「看來，沒有好好坐下來說話的餘地。」

語畢，雙手十三指捏出了土之衝魔大咒。

腳底下的土塊不斷迸開，眨眼間爬出了無數個灰頭土臉的金剛土怪。

這裡與護城河距離太遠，水火更是相剋，是以剛剛的河童式神無法使出全力。

但現在裂土而出的金剛土怪，可是安倍晴明長年養在平安京地底下的一支式神雄兵，非關鍵時刻絕對不用，雖然每一個金剛土怪只有半個人高，但都擁有獨自擒殺幾天前摸進城裡吃人的羅鬼的實力，鬥氣堅強。

安倍晴明魔舌一動，金剛土怪的頭頂上緩緩生出長角，魔氣更盛。

「豈止。」白鬍子老者大叫：「這個罪惡之都，也沒有必要存在！」

大地震動，獸鳴遠嘯而來。

這震撼山河的怪異嚎叫聲，不管過了多少年，安倍晴明都不可能忘記。

「八岐！」

安倍晴明大驚。

此時平安京城裡四面八方，不約而同都冒起了沖天烈焰。

原來今晚潛伏在平安京伺機作亂的不速之客，不單單是眼前四人而已！

「那個嘴饞的大傢伙可不好養，今晚算是還給你！」

白鬍子老者大笑，將左手緊抓的白色火焰球射了出去。

「大火炎咒——龍閃光！」

火焰球以光速膨脹，驚天巨響撕裂了空氣——

安倍晴明罕見大叫，十三指激光瑞現。

「大衝魔——陰陽守護波！」

東城的土怪鬼兵瞬間被大火吞沒。

第447話

滿城的火，滿城的哀號。

大火與怪獸，是恐懼的最佳組合。

絕對無敵的八岐大蛇，光是「單純的移動」就足以造成城牆與房舍的崩塌，而牠刻意被這一群不速之客使用「盲獸咒」誘引到此處，所製造出的無差別動亂，更是令整個平安京陷入毀滅的邊緣。

餓了好幾天的八岐，不停地在大火中尋找所有能吃的東西——人類。很可口！

縱使害怕，人類的守城軍隊還是出動了，兵荒馬亂地集結起來，一小部分的人去協助滅火，大部分的士兵則奉命圍殺八岐大蛇——由於滿城的大火與巨大的怪獸同時出現，「怪獸會從八個蛇嘴裡噴出火焰」這個無人目睹的謠言立刻順理成章。

不論士兵射出多少羽箭，對皮厚肉厚的八岐大蛇來說，根本就是搔癢。

而那些勇敢朝牠射箭的士兵們，正好當作是今晚狼吞虎嚥前的第一道甜點。

「怪物！啊怪物……怎麼可能……」

「快去請晴明大人！快快去請晴明大人收妖！」

「八頭蛇……哪裡來的八頭蛇！是傳說中的八岐大蛇嗎！」

「晴明大人呢！晴明大人怎麼還沒來！」

「救命啊！救命啊……我的腳……」

孩子找爹尋娘的哭聲，婦人肝腸寸斷的哭聲，壯丁叫天不應的哭聲。

食物正在煎熬痛苦，飼主自然得出面處理。

不只是平安京八絕鬼僅剩之五全都出動，血族最精銳的牙丸禁衛軍也沒有袖手旁觀，但他們完全不是這一群不速之客的對手。

數量不明。

但這一群不速之客絕不在定點停留太久，全都採取打帶跑的戰術……只是……

「鼠輩，別跑！」

八絕鬼之一的赤髮撒酒怪，拔腿在冒著焦煙的屋脊上快跑，緊咬著前方一個入侵者不放，大叫：「讓我給你一個痛快！」

這個到處縱火的入侵者身手不弱，既然敢殺入平安京就有奮力一戰的覺悟才是，但這入侵者卻只與赤髮撒酒怪過了兩招就閃人，完全不戀棧，簡直不把赤髮撒酒怪看在眼底。

入侵者回頭一笑，翻身下屋，竄進濃濃的焦煙裡。

「呸！敢戲耍我！」赤髮撒酒怪怒極，拿著大斧頭跟著往下跳。

這一跳，便沒有機會再跳上去了。

底下埋伏著四個不速之客，每一個都將手掌對準了目瞪口呆的赤髮撒酒怪。

「火炎掌！」

「火炎掌！」

「火炎掌！」

「火炎掌！」

最古老的陷阱，也是最普通的陷阱。

最古老最普通，也最有效。

平安京八絕鬼裡最高壯的鰲男，披頭散髮的綠眼雪女，最有耐性的石球人，一個接一個都落入了相同的「你追我跑」陷阱，被擅長古老火咒的入侵者瞬間圍攻而死。

最後一個，八絕鬼裡最強的六手刀客，倒是沒有栽在預先設下的圍攻陷阱裡。

即將因高熱崩塌的窄巷。

面對六手刀客的入侵者，滿臉刀疤，拿著一支火焰長槍。

「六手刀客，據說你是八絕裡的最強。」入侵者長槍刺地，吹出一個火圓。

「……是又怎樣？」六手刀客看著地上同伴焦黑蜷曲的屍體。

這些笨蛋，竟前仆後繼中了圍攻。

「我不想有人說，我們是用計取勝。」入侵者直言不諱，渾身散發出剛強的鬥氣，說道：「用計只是節省時間。所以，一對一宰了你就等於全勝。」

「都是詭辯。」六手刀客伸出六隻手，拔出六支刀：「反正不會如你所願。」

大火起，刀氣盛，強者身影翻騰交錯。

長槍與六支刀，短短一百招就分出了勝負。

滿臉刀疤的入侵者捧著流出腸子的肚腹，慢慢走出窄巷。

「殺一個不夠。」

入侵者將腸子硬塞回肚，再用火炎將傷口炙黏起來，血肉模糊。

但這斬開肚子的劇痛還是教他忍不住單膝跪了下來，喘一大口氣。

一隻白貓從高處跳下，落在入侵者的背上，再輕輕溜了下來。

「喵。」白貓心疼主人的痛楚。

「放心，今晚同伴很多，一定能勝。」

入侵者撫摸白貓，用奇特的手法轉換生命能量。

……無論如何得在徐福的身上將長槍插入，再死不遲。

第448話

烽火四起，殺聲震天。

八岐大蛇大快朵頤之餘，也被四面八方的沖天烈火燒得異常煩躁。

牠本是依水而生的怪獸，不喜火焰，現在的情況讓牠暴躁了十倍，大蛇不斷撞開擋在前方的房屋瓦舍，胡亂攻擊人類之餘還意外找到一口水井。

聞到了水味，可牠的大腦袋卻塞不進去，更加惱怒的八岐大蛇瀕臨瘋狂，大肆破壞眼前所見的一切洩恨。

入侵者至少在二十多人之數，每一個都是以一當百的奇術師，不僅懂得施法放火，武功同樣高強，與血族禁衛軍短兵相接時，即使不用火咒，照樣將敵人殺倒。

「呼……嗚！」

唯一能夠解救平安京大亂的人，正將他的黑煙劍慢慢拔出白鬍子老者的胸口。

一股巨大無比的生命能量從白鬍子老者的軀殼裡掙脫，一拔沖天！

無心去思索那究竟是什麼了。

滿身是血的安倍晴明，終於將四名圍攻他的入侵者擊敗殺死。

代價不斐。用了二十一次極具破壞力的古咒法，加上養兵千日的金剛土怪全滅，耗費極大元神，又受了非常可怕的重傷……這個天才陰陽師從來都沒有受過這樣的傷勢。

拔出了刺進敵人身上的劍，安倍晴明這才反手，將敵人插在自己肩上的大砍刀拔了下來。鮮血湧出的一瞬間，傷口奇異地迅速密合。

「歸元術，天地人——陰陽濟體，咒！」

安倍晴明表情辛苦，用了這個非常生疏的回復性咒語，勉強支撐住。

吐了一大口血，血在高熱的空氣中化成紅色的霧。

戰鬥才剛剛開始，平安京的態勢已如此危急。情況還會更糟百倍。

遇火，借火。

「我要保護……這裡的一切！」

安倍晴明定下心，雙舌劇顫，十三根手指閃電飛舞。

「大衝魔咒——火炎神歸位聽命！」

下咒。

無效。

「大衝魔咒——千里火王速速聽命！」

下咒。

無效。

「……大衝魔咒——六尺鬼火明王顯身咒！」

下咒。

依然無效。

安倍晴明又吐出了一口血煙。

不愧是用火的專家，敵人完全掌控了這一片熊熊大火，竟然連用最高境界的「大衝魔咒」取火都沒有方寸之效。

沒辦法了。取巧不能，只好改用最基本的相剋之道。

安倍晴明用輕身咒飛簷走壁，途經之處皆是斷垣殘壁、互相擁抱的焦黑屍體、咆哮的大火。成百成千的哭聲……

「晴明大人！」「晴明大人……晴明大人！我的眼睛看不到了！」「……晴明……大人……求求您……殺死這個怪獸！」「晴明大人……晴明大人！」「……晴明……大人……求求您……」「……晴明……大人……求求您……」「晴明大人！」「晴明大人……晴明大人！我的臉燒焦啦！燒焦啦！」「晴明大人……晴明大人！請救救我的孩子！」「晴明大人……晴明大人！」「晴明大人！」「……晴明……大人……求求您……」「晴明大人！」「晴明大人！你爲什麼袖手旁觀！」「……晴明……大人……求求您……我沒有妻子我也活不下去……」「晴明大人！請召喚我的靈魂成復仇厲鬼！」「……晴明……大人……求求您……」「晴明大人！」「晴明大人！」「晴明大人……晴明大人！」「晴明大人……晴明大人！我只能呼喚您了……只能……」「晴明大人！」「晴明大人！」「晴明大人！我的手還接得回去嗎！」「晴明大人！」「晴明大人！」「……晴明……大人……求求您……我的爸爸才剛死，一定救得回魂的！」「晴明大人……晴明大人！」「晴明大人！」「晴明大人！」「晴明大人！」「晴明大人……請爲我報仇！」「……晴明……大人……求求您……」「……晴明……大人……求求您……」「晴明大人！」「晴明！」「晴明大人！」「晴明大人！」「晴明大人！」「晴明大人！」

安倍晴明衝到護城河時，早已淚流滿面。

完全不加保留，他投身河水之中，讓水的先天能量滲透進他的身體裡。

這一條擁抱平安京的人造河水，自然也讓晴明養了一支水鬼大軍在裡頭。

「大衝魔咒——水無界，百鬼夜行！咒！」

安倍晴明閉氣水底，十三指綻放綠光，護城河河面劇震。

豈止百鬼，根本是萬頭攢動地衝出水面，大大小小，都是遍體綠鱗的水怪。

受到咒法的驅使，一個大鬼帶十個小鬼，拔腿就往燒得大地悲鳴的平安京裡衝，唯一接到的指令就是「見火就打」！

唏嚕呼嚕，河水只剩下三分之一。

盤腿，安倍晴明坐在水底，單手朝天。

「這一擊務必要得手——九十轉天明王，傾天逆水咒。起！」

僅剩的三分之一河水，全都龍然暴起，射向空中。

有如一條水龍，水氣盤據在平安京的上空，跟著無形的咒法風勢不斷轉著、轉著、轉著。

然後傾盆落下，將滿城大火澆了個痛快。

「嘶——吼！」

終於等到天降甘霖，遠方的八岐大蛇暢快地嚎叫，立刻吃了八個守城軍慶祝。

吞噬城池的大火暫時滅了，安倍晴明虛弱無力地走出乾涸的護城河。

妖魔有什麼可怕？

八岐大蛇，酒吞童子，天邪鬼，夜刀神，鐮獸，鬼面天狗，無臉雪女……

原來，得到「咒語」的人類才是最可怕的敵手。

……僅憑剛剛的水鬼大軍，是無法跟那些入侵者對抗的。

安倍晴明心知肚明，自己一定還要親身入戰。

只是經過剛剛極爲艱難的一打四，自己的法力恐怕不到平日的兩成，而那些入侵者久謀深算，一定也觀察了自己好多時日，算計了自己的法力底線，才會發動這一波恐怖的突襲。

忽然，城裡又吹起一股熱風。

這裡，那裡，東邊，西邊……南跟北。

那些惱人的大火又開始密密麻麻重新燒了起來。

敵人仗著人多，又俱是精銳，重整旗鼓的速度讓人絕望。

「果然。」安倍晴明嘆氣。

現在區區兩成法力，絕對只有送死，陪葬了滿城信賴他的人兒……

「我需要，更強的力量。」安倍晴明茫然地看著十三指手。

天地循環，法力不會無端增長歸元。

如果……

「你的體內隱藏著與我不相上下的力量。」

「那是你的母親九尾妖狐的血，是以你一生下來就擁有千年道行。」

「當你捨棄人的靈魂，全力蛻化成妖的話，一直被囚禁在結界內的虛弱八岐是鬥不過你的……只是，一旦你化身爲妖，身體裡就只剩下妖狐的血，再也不能變回人類。」

的確如此。

以前還不明白，但這二十年來的咒法進境，安倍晴明的確掌握了妖化之法。

一個陰陽師自願入魔，成就的何止是妖……

「母親，請您看顧著孩兒。」

安倍晴明看著滿城大火，不再壓抑心中的憤怒。

手指不結印。

雙舌靜躺無語。

憤怒，即是最原始、完全未經雕琢的咒。

如火燎原，憤怒迅速燃燒成恨，恨意猶如巨大的邪靈從內心深處爬了出來。

不再有矛盾，安倍晴明的雙眼充滿血紅。

——額上迸開了一條縫。

「吼！」

第449話

八岐大蛇倒下了。
全身縮成一團，戰慄不已，像一隻驚慌失措的狗。

全都倒下了。
那些呼喚著烈火，自以爲勇敢的入侵者一個接一個也倒下了。

全都倒下了。
水鬼大軍一個也不剩地形神潰散，蒸散如煙。
努力守護食物的牙丸禁衛軍，也不分敵我地倒下了。
許許多多無力掙扎逃跑的尋常百姓，也肚破腸流地倒下了。
污濁的天空中，那九條尾巴睥睨著底下的萬物眾生。

大火被牠玩弄。

生命被牠戲耍。

或許滿城只剩下這一個人吧。

這一個少了隻手的硬漢，將長槍狠狠插在地上。

「大幸運星……」

即使重傷瀕死，即便只剩下一隻手，他還是無法接受這樣的結局。

大老遠跑來這裡，可不是慷慨赴義來的。

殺徐福！

殺九尾妖狐！

他單手抓出一團火焰，喝令：「大火炎咒……雷……雷霆火隕！」

十幾顆隕石般的火球從天而降，暴然地砸向那九條尾巴的主人。

完全不防禦，任憑那些火球重重轟在牠的身上，彷彿不痛不癢。

最後只剩下煙火般的星屑，從九條尾巴身上抖落。

「……」

目睹了這一幕，硬漢氣力放盡，還是不肯倒下。

一點，又一點，硬漢抬起了根本不可能抬起的手，手指顫抖。

「大……火炎……咒……」

九條尾巴的怪物，終於不耐煩地將尾巴往下一掃，將硬漢掃成了兩截。

一截碎散在空中。

一截照樣頂天立地的佇立在怪物底下。

七個日夜後。

那驕傲展示九條尾巴的大怪物，才輕輕墜落在地。

第450話

安倍晴明，兩眼無神地看著重新蓄滿水的護城河。

只有殘破的記憶。

但失去意識，並不能作爲塗炭生靈的藉口，幻化成妖，取得更強的力量是安倍晴明在腦袋清醒時所的決定，自然就要承擔最矛盾的後果。

也許那些入侵者會將自己視爲邪惡魔物、欲除之而後快，是大有道理。

然而，如果入侵者不是那麼咄咄相逼，自己又豈會種下惡果。

自己無意間，反而達到了那些入侵者的目的之一。

不。

不是這樣的。

其實自己在妖化之前，早就意識到了這個最壞的可能……

「但我還是自願讓仇恨蔓延了我的心。」安倍晴明嘆息。
「這股仇恨，連我也難以招架啊……」徐福莞爾。

他故意，安倍晴明也知道徐福是故意。
故意什麼都不做，將滿城的敵人與痛苦留給安倍晴明一個人去戰鬥。
讓安倍晴明徹底體驗他一直想要告訴他的一切後，他再好整以暇地收拾殘局。
用了特殊的道法，令安倍晴明打回原形。
肚子飽飽的八岐自然滾回了十拳結界。
至於歷史，一向都太好掩埋了。
軍民重新換過一批，不過是數字問題。
這座城，以驚人的速度重建起來。夜裡的工程進度比白天時要快上十倍。

河邊的棋局很亂。
沒兩下，不等白子發動攻勢，黑子自己就陷入迷霧。
「晴明，讓人類掌控這個國家，妖物就會徹底滅絕。」徐福將白子放回碗內，不再進攻：「你很明白這一點。」

「……」安倍晴明看著沒有靈氣的河面。

沒錯。

妖怪沒打算毀滅過全人類。

但人類卻滿腦子消滅所有的異己。

「但是讓我們控制這片土地、這個國家，人類與妖物就能一直共存下去——當然了，人類得付一點保護費才行。」徐福微笑：「萬物共生，因果循環。」

「……」

「晴明，你知道我在詭辯。」徐福倒是知趣得很，笑著說：「我也知道，你知道我在玩弄文字的咒。」

「……」

「詭辯有詭辯的詐，可詐也包含了眞正的道理，否則無法蠱惑人心。你我都明白，人類其實是最可怕的、無法與其他生物並存的最後怪獸。」徐福正色道：「不會放棄的。有一天，那些武藝高強的人類還會再來，帶著更強的咒，更可怕的計畫而來。」

是啊，不會放棄的。

從破碎的記憶裡，竟然還記得那一個入侵者的——眼神。

明明一點力氣都沒有了，卻還是想發動咒打倒妖化的他。

那種眼神，那一天晚上見了很多很多。

「你要我做什麼？獻出頸子，成爲血族之一嗎？」安倍晴明斜眼。

「不，絕不。」徐福堅定地看著遠方。

「？」

「等到那些人再度破土而來，晴明，你我並肩作戰。」

那一刻。

日本國第一的天才陰陽師，竟然有點感動……

憂饞畏譏

命格：情緒格

存活：一百五十年

徵兆：不管你做什麼，都會被曲解成另一個意思，無論如何討不了好。最簡單的例子莫過於，你拿到一張寫了九十八分的考卷，萬一你笑了，別人會覺得你未免也太驕傲，不過是一次考試到底在暢秋蝦小。但如果你皺了皺眉頭，別人會認為你故意給自己高標準以凸顯自己追求完美、看不起別人都是笨蛋。

特質：宿主天生容易遭到誤解，導致宿主常常覺得很度爛。原本宿主可能是個很好的人，但一想到要做一件好事的代價，竟是被別人說「某某就是故意做好事給別人看，好假！」只好罷手不做，其結果就是個性越來越扭曲。

進化：宿主長期喪志，很可能會橫向惡化為「一筆勾銷」以逃避心靈困頓的狀態。可如果宿主突然看開，大破大立，有機會直接突變成能量超強的「滄海一生笑」。

〈續・呼喚亡靈的大海〉之章

第451話

海平面炸裂。

一艘中型護衛艦受到十幾枚魚雷爆炸衝擊，整艘船給撕裂成咆哮的火片。

沸騰的、冒煙的海上，那得逞的魔獸黑影瞬間清晰。

「……這是……這是什麼怪物？」

十七個海軍上將，同時看著破出海面的巨大黑影。

同時，張大嘴巴，脫口同樣的詫異。

這巨大的魔獸，一點也不顢頇笨重。

牠的恐怖模樣絕非任何一部好萊塢災難電影裡虛構的大怪獸足以比擬，牠長得極端不寫實，如果出現在電影螢幕上一定會把觀眾笑到岔氣——「那是什麼怪物啊？太好笑了！」大家一定會如此捧腹大笑：「特效未免也做得太假了吧！」

是的，太假了。

「嘶——吼！」

這頭史前大怪獸就跟上古傳說裡流傳的一模一樣，八顆蛇頭，八條尾巴，背脊嚴重畸形隆起，雙眼充滿了瘋狂的血紅，嘶吼聲猶如一千萬頭大象慘遭殺害時同時發出的悲鳴。

可八岐大蛇出現在這座被大雷雨籠罩住的大海上，沒有一個人笑得出來。

「攻擊！」

不知道是誰下的命令，也不重要，鄰近魔獸的軍艦當然對著牠開砲。

就在那些威力強大的砲彈射出去的前一刻，不知名圓球狀的物事鼓脹了八岐大蛇粗大的頸子，從下飛快衝向上，直到八岐大蛇將張開八張巨大的蛇嘴……

「嘶——呼嚕！」

八團黏黏的超巨大水球從蛇嘴噴出，噴向八個方向。

有的黏液水球與射向牠的綿密砲彈撞在一塊，砲彈硬生生被水球一擋，緩解了衝擊力，沒有爆破就落了海，而水球也摔碎四散。

可有兩顆水球沒有被砲彈擊碎，躲過了火網，直接命中了兩艘護衛船艦。

巨大的黏液水彈在船艦甲板上爆開，大大震動了船艦，差點將船給打翻。

看起來好像不過如此，但含有腐蝕酸液的大水球令甲板整個冒出濃濃的白色焦煙，也將甲板上操作攻擊砲的士兵燒得痛苦不堪。

「好痛啊！我的眼睛！」士兵跪在地上，淒厲地抓著自己的眼睛。

「我快燒起來了！醫護兵！醫護兵！」另一個士兵被黏液裹住，痛苦哀嚎。

甲板上都是冒著白煙的黏液，幾個被水彈得七葷八素的士兵，身上的衣服都脫不下來，因爲黏液融穿了衣服纖維，間接與皮膚黏燒了起來。

幾個士兵受不了痛苦，盲目跳海尋求解脫。

話說，八岐大蛇的胃裡充滿了含有劇毒的生化酸液，但無法直接吐出，必須先將大量的海水吞進肚子裡，再吐出來攻擊敵人。

此時劇毒已被大量的海水給稀釋，腐蝕性降低了百倍，無法瞬間毀滅任何堅固的造具，但和了毒液的海水也會黏稠化，變成較爲結實的球狀，攻擊起來比漫天噴灑的毒液還有衝擊力。

如果今天遭遇的是古代的木造船艦，只要挨了一發八岐大蛇的水彈，別說腐蝕了，光是重力加速度的水砲，就足以將船艦直接爆破。

「繼續攻擊！」

美軍艦隊的砲彈再度攻上。

雖然受到了特殊法力的保護，還是不想白白挨打，吐出了那八枚大水彈後，擁有八顆賊腦袋的八岐大蛇迅速潛入海中。

次一波追上來的砲彈全撲了空，寂寥地將海平面轟成碎片。

視水壓無物的八岐大蛇越鑽越深，醞釀第二波攻勢。

航空母艦上，安分尼上將倒是定了神。

「連這種怪獸都請出來了，證明血族已經山窮水盡。」安分尼上將恢復冷靜，發出命令：「全軍冷靜，水怪交給潛艦對付。馬可維奇將軍，你負責的艦隊支隊支援潛艦對付水怪，其餘艦群繼續前進，對東京發動總攻擊的計畫不變！」

「儘管交給我。」馬可維奇將軍皺眉。

雖然困惑，不過要攻打吸血鬼的大本營原本就會有很多無法預期的狀況發生……包括在這裡攔下這一頭莫名其妙的大怪獸。

沒錯，不在這裡幹掉那隻畜生，艦隊恐怕會全數覆沒。

「潛艦聽我指揮，全體分散開來！」馬可維奇大聲：「新式魚雷預備。」

原本負責幫艦隊開路、偵測敵方攻擊的潛艦群，是敵人最畏懼的海底殺手。

然而，鋼鐵打造的潛艦，對付這種活生生滑溜溜的敵人可是頭一遭。

不管是搭載哪一種動力的引擎，潛艦要追上並鎖定水怪完全不可能，幸好八岐大蛇再怎麼快，也快不過聲納雷達，如果可以精準遙控魚雷的爆炸時間，或許可以不必直接命中那隻大水怪也可以將牠震暈。

大雨。

更大的雨。

「所有飛行員聽著，第一梯次的六十架戰鬥機群立即升空，飛往前方攻擊自衛隊艦群，第二梯次戰鬥機機群隨時待命。」安分尼上將下令。

甲板上的戰鬥機，早已加滿了油，填好了飛彈。

「熱烈光榮！第一飛行中隊，升空就緒！」第一中隊隊長豎起拇指。

「熱烈光榮！第二飛行中隊，升空就緒！」第二中隊隊長豎起拇指。

「熱烈光榮！第三飛行中隊，升空就緒！」第三中隊隊長豎起拇指。

「熱烈光榮！A字特別飛行中隊，升空就緒！」新任隊長的雷力豎起拇指。

無懼惡劣的氣候，六十隻預告勝利的大拇指同時豎起。

在現代化的戰爭裡，空中的優勢將決定海戰的勝負。

飛機是。

飛彈也是。

在第七艦隊的航空母艦浩浩蕩蕩趕抵之前，前兩架次的F22戰鬥機群應以足夠擊潰自衛隊的海軍才是。而在戰鬥機出現在東京灣上空之前，艦隊所發出的數百枚飛彈將爲先行者，爲這些戰鬥機做第一步的、轟轟烈烈的大清場。

就在眾戰鬥機機艙玻璃闔上時，艦隊所有雷達都發出了警示聲。

「這……這也是幻術嗎？」雷達官愕然。

每一個雷達上，都出現密密麻麻的光點，幾乎覆蓋了整個電子螢幕。

就連幻覺無效的雷力都看到了那些光點，驚得啞口無言。

那些光點是什麼？

怎麼會突然出現？

如果敵方從千里之外射出遠程飛彈，即便是最厲害的超音速反艦飛彈，航母搭載的雷達也至少會提早半分鐘發覺，爲整個艦隊爭取到二十秒到三十秒的反制時間。

遠在大氣層之上的間諜衛星更厲害，只要東京灣上的自衛隊有任何攻擊行爲，第一時間就會被發現，提供艦隊更強的預警保護。

但，那些光點毫無預兆就從天上落了下來，充滿威脅地逼近第七艦隊。

「那些是……」一個飛行跑道指揮官呆呆抬起頭。

是飛彈嗎？

不像，那些「東西」的速度很慢很慢。

「究竟是什麼？」雷達官渾身是汗。

不管是什麼，地對空高射砲迅速揚起。

數百枚防禦型蜂針飛彈也高對天空。

「好像是紙。」雷力瞇起眼。

的確是紙。

只見，數百成千寫著古老誓約的紙片從黑雲頂端，緩緩落下。

赫然，雷聲又起。

那些咒約紙片在雷電交加中幻化成獸，高速飛衝而下！

鼓盪著黑色翅膀的人面烏鴉，淒厲的叫聲宛若嬰兒啼哭。

甩著刀刃般尾巴的飛舞鐮獸，在狂風中張牙舞爪翻滾著。

——全部都衝向第七艦隊群！

高踞漫天黑雲的頂端，十三根手指慢慢地結著大衝魔手印。

「這就是，咒。」

最接近神的男人，風雅地微笑。

第452話

以咒易咒。

藉咒引咒。

用咒的祈求將巨大的烏雲牽引過來，雷電奔馳。

用咒的誓約召喚出遠古的神祕怪獸，妖氣沖天。

用咒的力量控制潛伏海底的八岐大蛇，凌駕之上的腦袋加上怪獸的兇殘本能。

當然，都是這一個，傳說中最接近神的男子的傑作。

——大陰陽師，安倍晴明。

「千年的沉睡實在太久了，盡情揮霍你們的怨氣吧。」

安倍晴明站在一張白色和紙摺成的巨鶴上，雙手優雅地結印。

結印的指結上，散發出紅色的光芒。

許多野史傳聞中，大陰陽師安倍晴明乃狐仙與人類交配所生，所以同時擁有人類的智慧與狐仙的修行。但真實情況更奇於傳聞。

正由於是狐與人類相交所生的奇種，天生擁有十三根手指的安倍晴明，且左手食指與右手中指的指節有四個……比一般人要多了一個，所以能結出常人完全無法結出的、異常複雜的仙術與魔咒大印。

除此之外，安倍晴明的口中亦有兩隻舌頭，一隻是人類的舌頭，一隻是狐狸的舌頭，所以不僅能陰陽雙通，更能快速念出前所未聞的詭譎咒語。

雲端之巔，紙鶴之上，安倍晴明口中念念語詞，仙與魔同受安倍晴明的操使。

越強的咒語，只能在越侷限的地方施展——是故，自古以來有「結界」。

通常如此強大的咒術，僅僅能在預先劃定的固定結界裡施展。

現在，在這一望無際的大海上，雷雨交加，魔怪橫行，幾乎無視結界的侷限。

……可見安倍晴明的神人手段！

大雨。

妖怪如雨。

「開砲！自由射擊！」

地對空高射砲咚咚咚地朝天狂射，綿密地在艦隊前築起火網。

逆雨而上，天空開起一朵朵漂亮的黑色花團。

「血族究竟……究竟做了什麼？」安分尼上將全身緊繃，握拳。

這不只是安分尼上將的驚詫，也是所有海軍的恐懼與疑問。

不過，世界上最強大的艦隊，也有全世界最不容挑戰的自信！

「不要慌，將那些畜牲全都打下來！」皮克艦長朗聲。

滂沱大雨是敵軍最佳的視線遮蔽，但艦隊不要錢似地朝天砲擊也不遑多讓。

幾百門地對空高射砲不斷朝天射擊。

略為笨重的人面烏鴉啞啞哭叫，但牠們的數量超多，完全以量取勝。

鐮獸以超高速試圖閃躲來自艦隊的砲擊，但還是死傷慘重。

「不要瞄準！開砲就對了！」

吆喝著，開火。

「不要停下來！不要停下來！」

急切著，開火。

「他媽的數量眞多！哪來的這些怪東西！」

發洩著，開火。

「彈藥快補上！快快快快快！」

嘶吼著，開火。

「絕對不要讓他們靠近！密集開火！」

紅了眼，開火。

砰砰砰砰砰砰砰砰砰砰砰砰砰砰砰砰砰砰砰砰砰砰砰砰砰砰砰砰砰砰砰砰砰
砰砰砰砰砰砰砰砰砰砰砰砰砰砰砰砰砰砰砰砰砰砰砰砰砰砰砰砰砰砰砰砰砰砰砰砰
砰砰砰砰砰砰砰砰砰砰砰砰砰砰砰砰砰砰砰砰砰砰砰砰砰砰砰砰砰砰砰砰砰砰
砰砰砰砰砰砰砰砰砰砰砰砰砰砰砰砰砰砰砰砰砰砰砰砰砰砰砰砰砰砰砰砰砰砰砰
砰砰砰砰砰砰砰砰砰砰砰砰砰砰砰砰砰砰砰砰砰砰砰砰砰砰砰砰砰
砰砰
砰砰砰砰砰砰砰砰砰砰砰砰砰砰砰砰砰砰砰砰砰砰砰砰砰砰砰砰砰砰砰砰砰砰砰砰砰砰砰
砰砰砰砰砰砰砰砰砰砰砰砰砰砰砰砰砰砰砰砰砰砰砰砰砰砰砰砰
砰砰砰砰砰砰砰砰砰砰砰砰砰砰砰砰砰砰砰砰砰砰砰砰砰砰砰砰砰砰砰砰砰砰
砰砰砰砰砰砰砰砰砰砰砰砰砰砰砰砰砰砰砰砰砰砰砰砰砰砰
砰砰砰砰砰砰砰砰砰砰砰砰砰砰砰砰砰砰砰砰砰砰砰砰砰砰

除了開火還是開火。

天空中密密麻麻都是爆開的黑色煙朵。

儘管人類築起了超強的火焰結界，漫天怪獸還是在黑色大雨的掩護下逼近艦隊。過程中有超過半數被轟成碎片，碎開時又回復成單純的咒紙，隨風而逝。

人面烏鴉與鐮獸可沒有類似飛彈或火砲之類的攻擊方式，牠們的兇暴只能展現在接觸戰上，這一點的大大吃虧，正凸顯出人類的厲害！

令，那個男人讚嘆不已。

「終於來到了，人類創造出屬於他們咒語的時代。」

安倍晴明的表情，竟然有些欣慰：「不得不全力以赴。」

從他寬大的衣袖裡，又吹出了幾百張寫滿咒語的紙片。

紙片被風一送，更多的咒獸藉著血的誓約被召喚出來，那些長了翅膀的怪物好像不要命似的，前仆後繼，一波接著一波，持續縮短與艦隊之間的距離。

終於，人面烏鴉與鐮獸逐漸突破了重重砲火！

「不是幻覺的話……弟兄們，該我們上了！」

引擎嚎叫，雷力駕駛的三台F22戰鬥機第一個衝出跑道。

同一時間，十幾架F22猛禽戰鬥機在砲火的掩護下也衝上了天際。

大雨。

大雨！

一秒後比一秒前更大的雨！

臨危不亂，次序分明，負責第一波攻擊的六十架戰鬥機全都加入了天空戰場。

艦隊的地對空攻擊砲也接到了新的指示。

「注意！砲火以掩護軍艦爲主，不要打到自己家人！」

「拉低砲口！機關砲預備！」

「左側機關砲注意！敵人來襲！」

正當此時，大浪爆開，八岐大蛇嘶吼著衝出海面。

原來就在剛剛一陣砲擊連發時，海底也上演了一場驚險的追逐戰。

美軍研發的魚雷科技日新月異，速度已經達到了四十五節，雖然還無法追上八岐大蛇的速度，但是透過電腦精確控制爆炸的位置，這裡爆一枚，那裡爆一枚，這裡又連爆兩枚，在水底產生的巨大衝擊波當眞是沉睡千年的八岐大蛇所前所未見。

八岐大蛇雖是可怕的凶獸，一方面受到驚嚇，一方面也捱不住魚雷猛攻，移動位置慢慢遭鎖定。被魚雷追得很苦的八岐大蛇被迫從海底鑽出，一出海面，立刻擒抱住一艘小型驅逐艦的艦身，用力一扯，堅固的鋼鐵艦身瞬間破裂。

「早就等你了！」馬可維奇將軍拍案大吼。

隨即而來的是，位在八岐大蛇周圍的艦艇一陣砲打。

倒楣的驅逐艦也一併遭殃，一下子就產生大爆炸，八岐大蛇給轟得眼冒金星，還沒來得及吐出毒水彈回敬美軍，又負傷鑽回海底。

大雨。

大雷。

「據說那條大蛇很耐打……傳說最好不要偏離事實太遠啊。」

一個濕淋淋的人影隨著剛剛的大爆炸，被破浪拍上了一艘巡洋艦的艦壁。

集體當機

命格：集體格

存活：四百年

徵兆：你的周遭不斷出現打呵欠的慵懶聲音，整個世界彷彿變得很疲倦。你跟朋友去看電影，就算是看「變形金剛」那種嗨片，也會發現滿場都在睡覺，有的嘴巴裡還含著爆米花邊流口水咧。

特質：宿主發動命力時，周遭人等會產生昏昏欲睡的現象，就算是強者也會暫時恍惚失神，或喪失鬥志。即便是在指考、學測那種高度集中精神的場合，考生依舊會面對考卷發呆到鈴響。缺點是，宿主一離開，狀況也就立刻解除。

進化：不存在的千年

第453話

又是破曉。

南京的上空，可沒有大陰陽師召來的雄壯烏雲加持，儘管天才剛亮，天空還有些深藍的微陰，陽光還是淡淡從雲層後面透出。

只要是白天，對吸血鬼來說依舊充滿了最高等級的危險。

每次血族與人類之間的鬥爭，都重複著這樣的殘酷逆轉。

晚上，人類一面倒的被痛宰。

而人類在晚上失去的，白天都會加倍討回來。

神道銀荷放出來的吸血鬼大軍，雖然因倉促啓動「冰存十庫」甦醒裝置，加上藥劑長時間的自然消耗與變質，一開始便折損了八百多名戰士，甚爲可惜。

但太久沒有吃到人血的渴望，讓這些紀律嚴明的戰士變成了野獸，用最快的速度攻城掠地，吸乾了南京，這三天以來還用不斷佯攻上海的虛實戰術，徹底牽制了中國的海軍主力。

搞到連區區一艘軍艦，中國也沒能支援正發起總攻擊的美國第七艦隊。

這三天以來，南京之外的地區全數軍事戒嚴。

中國第一大城上海只在南京三百公里之外，解放軍更是重兵屯聚，膽敢進犯者，不管是人是吸血鬼，一律殺之以防萬一。

連續三個白天，南京之內除了有解放軍用優勢武力慢慢推進外，更有全世界最大的獵人軍團「中國龍」作爲先鋒，以「優秀的犧牲」換取吸血鬼藏身之處的情報，再令解放軍的戰鬥直昇機將吸血鬼一舉殲滅。

嗡嗡聲徹底霸佔了城市上空。

戰鬥直昇機來回巡邏，用機槍從制高點掃蕩躲在巷弄陰暗處的吸血鬼。

荷槍實彈的步兵戰戰兢兢跟在坦克車後方，一有風吹草動，管他三七二十一就扣下扳機。

一個班分成一組，每組保持一百公尺的相互掩護間距。

每十個組爲一個攻擊連，進行城市街巷裡的大掃蕩。

「看看那邊！來，你，你，跟我來！」

「前方A7點有中國龍放出的信號，直昇機掩護，我們上！」

「撤！先撤！」

「注意，注意，十秒後中國龍攻堅，C組跟上清場，B組原地待命。行動！」

「金地廣場下面有很多低等吸血鬼，爲數百人，哪一組自願去清，快報。」

「攻擊！十一點鐘方向自由射擊！」

「怎麼搞的，夫子廟這裡至少有一百多個弟兄跟同樣數量老百姓的屍體，全都沒外傷卻七孔流血？請示長官，是要就地燒了還是先不管？」

「湖南路第五街口清場完畢，兩個班需要彈藥補給，兩個班……」

「緊急！珠江路三個地下道發現吸血鬼重兵！鄰近班兵快速過來！」

「注意注意！九號部隊全力封鎖珠江路地區，火藥班跟上！快！快！」

殘酷的機槍聲不絕於耳，壓過了驚慌失措的尖叫聲。

哪裡是戰鬥。

是屠殺。

吸血鬼畏懼陽光，這是天生的限制。

銀荷放任數萬個不久前才被感染的新吸血鬼不管，不是任他們胡亂衝到大街上被太陽活活曬死，就是讓人類的部隊把他們當活靶洩憤，無論如何得讓那些人類的注意力被轉移。

人影一閃。

是銀荷。

又一閃，不斷藉著遮蔽物快速移動。

最後，銀荷躲入一台被燒過的大貨車後，喘氣，等待鄰街的解放軍轉進。

再多的訓練也沒有辦法不讓身體在接觸陽光時不燒起來，只能將自己包得緊緊的。

於是銀荷戴著貼著深黑色鏡片的安全帽，穿著密不透風的輕量化皮衣皮褲，就是爲了確保沒有一絲陽光能鑽進。

陽光大大削減了這個血族英雄的行動力。

但也只是削減而已。

……轉進來了。

沒有冒險探頭，豎起耳朵，她聽著解放軍坦克履帶壓碎路面石子的聲音，巨大的引擎推進聲，夾帶著小心翼翼的腳步聲……大概有二十幾個人吧。

「你們眞以爲血族在白天，就只有束手就擒的份嗎？」

滿身大汗的銀荷冷笑，精神力急速擴張。

在晚上，她的精神力能觸及的範圍有一公里，到了白天只剩下十四公尺，鐵球的釋放額度也銳減到僅三百顆。她得省著點用，做重點的恐嚇性打擊。

逼近。

聽這腳步聲，這二十幾個軍人拉長了彼此的距離，恐怕沒辦法一次納進她的攻擊範圍。這個缺陷原本就在意料之中。

「凡所見，皆可殺。」

銀荷用力握拳，精神力抓住了十四公尺內的十六顆腦袋。

！

不存在的隆隆聲，衝進了十幾個解放軍的腦袋裡。

「……那……那是什麼東西啊？」

「哪來的……不可能……」

十幾個軍人呆呆看著五顆超級大鐵球從前方滾了過來。

巨大的鐵球碾碎路面，窮凶惡極地逼近。

五顆超級大的鐵球連成一條線，沒有留下空隙，所經之處石屑紛飛。

速度好快！逃跑也無濟於事……

雖然知道完全沒用，無路可逃的軍人們只得舉起槍，對著前方顫抖。

坐在坦克裡面的操作員也呆呆地看著那五顆狂襲來的鐵球，下意識調整砲口的方向，心想……就算是躲在坦克裡，也不可能僥倖逃得過這種等級的重壓吧？

「前面在幹什麼啊？怎麼不走了？」

看到走在前方的夥伴高舉槍，遠遠落在後面的軍人不明就裡地問。

才剛剛問完，他們就看到走在前方的夥伴們一邊大叫一邊開槍，就連坦克車上的大砲也朝著空無一人的大街上連續開轟！

「幹什麼！」

後方的軍人緊張地舉起槍，東張西望，卻不曉得要朝什麼東西扣下扳機。

三秒後，前面那些弟兄便以非常誇張的姿勢集體摔倒，好像被什麼龐然大物給撞開似的！

坦克也不發砲了，只是呆呆地往前進。

躺在地上的弟兄們一個個都七孔流血，五官扭曲變形，彷彿受到極大驚嚇。

後面的軍人面面相覷，無形的恐懼感籠罩心頭。

「前方部隊，廣南四街發生了什麼事，請回報。」無線電響起。

怎麼回報？

……敵人難道有辦法隱形嗎？

後面十幾個軍人吞了吞口水，不敢往空無敵人的前方推進，卻又沒道理後退。

「報告……報告指揮部……敵人……」

一個軍人對著無線電說話，卻不知道該怎麼解釋剛剛發生的異變。

「敵人怎麼了？剛剛坦克是不是開砲了？」無線電那頭的聲音很嚴峻。

「敵人……不曉得用了……」軍人支支吾吾。

手心都是汗，心跳得很快，呼吸急促。

「搭。」

有腳步聲，好像有一個人影從旁邊掠過？

不約而同，神經緊繃的十個軍人同時朝左側一陣瘋狂地開槍。

距離夠了……差點被亂槍掃中的銀荷狼狽趴在地上，聚精會神。

握拳！

十幾把衝鋒槍脫手墜地，又是十幾個人面色驚恐地死於心臟痲痹。

呼……銀荷吐出一口濁氣。

「晚上贏得太輕鬆，現在才是眞正的戰鬥。」

連續九十三個小時沒有睡覺、甚至沒有片刻闔眼的銀荷，無論有多麼疲倦，也可不能跟著吸血鬼大軍一起躲躲藏藏。

夜晚無敵的吸血鬼大軍，在白天異常脆弱，只要轟炸機炸開所藏之處，讓陽光射進去，六千大軍便會全滅。

於是白天時不僅吸血鬼大軍要化整爲零、分成二十個地點藏匿，身爲最高領導者的銀荷，也得發揮她在晚上所作所爲的十倍行動力，到處攻擊解放軍跟中國龍獵人軍團，直到夜晚降臨……

天才破曉，銀荷的單打獨鬥才剛剛揭開序幕。

第454話

移動。

躲藏。

守株待兔。

鐵球攻擊。

冒險移動，快速發動鐵球——

原地休息十秒，然後繼續移動。

移動。

躲藏。

守株待兔。

鐵球攻擊。

冒險移動，快速發動鐵球——

原地休息十秒，然後繼續移動。

距離破曉不過才十一分鐘，銀荷又重複了剛剛的游擊四次。

一支負責調配火藥的補給班被幹掉。

一隊正在裝置情報中心的資訊班被幹掉。

正巧合地接近吸血鬼軍團某藏身地點的攻擊部隊，被幹掉。

一小隊在街上自由巡邏的中國龍獵人也被靜靜摸掉。

除了一些說不上嘴的擦撞聲外，銀荷幸運地沒受什麼傷，可陽光已越來越強，即使穿著一身密不透風的黑，但陽光的熱力還是狠狠穿透了衣服，讓銀荷感到非常吃力。

陽光，是一種很奇妙的超物質。

很多人都誤以爲吸血鬼畏懼的是陽光裡的紫外線，但事實上，吸血鬼對紫外線一點感覺也沒有。就連杜克博士那種千萬選一的腦袋也研究不出個所以然。

一道光，從太陽來到地球，需要經過漫長的八分鐘又二十秒。

一定有什麼奇妙的物質藏在太陽的原始能量裡頭。

或者。

或者陽光在宇宙間長達八分鐘又二十秒的旅行裡，混雜了當今科學無法解析的宇宙物質，在這八分鐘又二十秒的時間裡產生了質變，變成了摧毀吸血鬼最具威力的武器。

人類會討厭吸血鬼，很大程度跟這一點有關。

太陽代表了生命起源，不僅是象徵光明，太陽本身就是光明。

最光明的「東西」，可以迅速摧毀某個強大的「生物」。

那種「生物」，不就理所當然被視爲「最黑暗」，乃至「最邪惡」嗎？

移動。

快速移動。

頭頂上討厭的隆隆聲再度接近。

地上的黑影迅速消失。

「眞麻煩……」

躲在報廢坦克與民房中間的空隙，銀荷全身縮成一團，不敢移動半分。

頭頂上的直昇機是很麻煩的東西。

要接近那種東西一百公尺內都很困難，何況是十四公尺？

銀荷迅速地藉著許多遮蔽物，迂迴地前進，尋找游擊的目標。

眞正是冒險犯難。

雖然幻殺的實力超強，但銀荷畢竟是血肉之軀，肉搏戰的能力再怎麼卓越，也打不過一個實力堅強的中國龍的榜上獵人。

她得非常小心，非常小心。

十四公尺之內才能取勝。

十四公尺之外……她得放棄自尊，逃！

吸血鬼所有的能力與素質，全都會因爲陽光的存在而大幅耗弱。

到了中午時刻，銀荷非得躲進陰暗的地方不可，現在能殺多少便殺多少吧。

此時，銀荷遠遠看見一隊班兵，低著槍，往東邊的陰暗處慢慢走去。

直昇機再度遠去。

「別走得太快啊。」

銀荷算準那一隊班兵待會一定會通過的街口，提前衝了過去。

殘王

命格：情緒格

存活：三百年

徵兆：偏激是宿主最大的特徵，但偏激又分好幾種類型、與程度。比如你非得每天晚上都要吃雞排，吃不到你就超抓狂的。當你的偏激發作時，誰也攔不住你！對了，一定要當醫生也是一種偏激，抓狂起來也是相當驚人的，甚至會影響到國家法律的制定。

特質：以性格某一部分的永遠殘缺，換取力量的快速增強，其類似的作法往往見於南洋降頭術——「以殘換強」。宿主或許缺乏耐性、缺乏愛心、缺乏寬恕、缺乏社交能力等等，這種殘缺越嚴重，換來的力量越強大。

進化：大怒神

第455話

海浪波濤洶湧，雨水如瀑布般打在他的臉上。

神力使然，也是毅力使然，這人影的雙手用短刀牢牢刺進鋼鐵艦壁。

慢慢的，拔起左手一刀，再往上狠狠插入。

然後是右手。

用最簡單也最有效的方式，孤獨卓絕的人影慢慢地攀上了甲板下方五公尺處。

沒有一刻休息，卻也不能再上去了。

鬆開右手，左手緊握著的刀奮力支撐起全身的重量。

人影深深一個呼吸，伸出右掌在鋼鐵艦壁上龍飛鳳舞，寫劃著古老的禁語。

「臨、兵、鬥、者、皆、陣、列、在、前——甲賀祕法，鐵遁。」

這個咒語從起心動念、到發揮作用，需要一點時間。

等待的此時，此人頭頂上的天空，已爆開一連串的令人目不暇給的攻守。

雨。

依舊是大雨。

這一座天空容納不下這麼浩大的空戰。

以量取勝，人面烏鴉與鐮獸以驚人的數量優勢遮蓋住艦群的上空。

說起來令人不勝唏噓，現在看起來又壯又重的人面烏鴉飛行速度遲緩，但牠們在古代根本是所向無敵的空中部隊，即使人類發明了投石弩砲，擊中了人面烏鴉，人面烏鴉也只是眼冒金星摔了下來，離死還很遠，搖了搖頭又繼續振翅高飛。

可現在，新式地對空火砲只要命中一發，人面烏鴉就直接在空中給轟成碎片。

於是改變了戰法。

一旦接近軍艦，人面烏鴉就張開大嘴用力啃掉砲台、撕掉甲板上的海兵。牠們的肉超厚，不怕尋常手持槍械所射出的子彈，只能降低地對空機關砲管的角度，小心翼翼地朝牠們打，打成肉醬。而人面烏鴉也愛採自殺攻勢，很多都嘗試直接一頭撞上軍艦的指揮塔，企圖來個同歸於盡。

比起人面烏鴉，鐮獸可怕了十倍。

牠們的尾巴鋒利無比，可以輕易地將砲台切成兩半，若是甲板被三隻鐮獸盯上，一起衝過來將艦艇上的甲板砍個十幾段，接下來第二航次的戰鬥機就升不了空。

鋒利的尾巴很可怕，鐮獸的速度更令人畏懼，牠們可以與最先進的F22戰鬥機機群做高難度的空中纏鬥，一旦抓準時機，牠們的尾巴就能用超高速將造價千萬的機翼給切掉，像切豆腐。

「大家散開！瞄準了再開火，不要傷到自己人！」

「第一中隊注意，A1組負責掩護，A2組盡情壓制十二點鐘方向的敵人。」

好幾隻人面烏鴉被擊中，卻還拖著殘破的鳥身撲過來，掩護躲在後方的鐮獸。

鐮獸伺機攻擊戰鬥機，有的得逞，有的仍遭擊落。

「省子彈……那些長了人臉的怪物先不管！交給艦隊的機關砲！」

「我被砍了——他媽的！彈射！」

一架戰鬥機被兩隻鐮獸交叉掃到，斷裂的機身頓時在高空中翻滾。

三架戰鬥機被十幾隻鐮獸威逼沖散，一散，居中的那一架立刻遭到高空梟首。

「不要讓尾巴有刀的怪獸散開，想辦法將牠們——操他媽的，彈射！」

「小金彈射了，左三跟右三快掩護他，快快快……想他被砍成兩半嗎！」

「底下的艦隊注意！第二中隊A3組會將怪獸趕到空二區，交給你們砲擊！」

「第三中隊A1組，快點過去協助第二中隊A3。」

怪獸的數量實在太多，兩條軍艦的砲台被人面烏鴉又撞又咬，呈現防禦崩潰的狀態。甲板上堆滿了人面烏鴉的屍體，而負傷的人面烏鴉則咬開了甲板，直接破入艦艇裡吃人。

鄰近的艦隊甲板升起了武裝直昇機，在低空用機關砲協助防禦艦隊。

好像不怕痛的人面烏鴉一隻一隻撲上，撞爛了好幾台直昇機。

高空中的戰鬥越來越猛烈。

「是誰這麼浪費射飛彈！用鷹爪砲啊！」

「我落單了！來誰都好……快點！」

「見鬼了，結果我們第一架次不去打小日本，被拖在這裡打怪嗎？」

「少抱怨了，大家別輕易死在這裡啊。」

最強大的現代化空軍，再度遭遇最古老的魔獸大軍。

上一次是幻覺，這一次可是貨眞價實的怪物！

但人類的空軍打得不卑不亢，既有勇往直前的戰鬥力，又有充分合作的組織力，綜合起來就是……天空的霸主！就連在古代稱霸天空的鐮獸都沒辦法佔到半點便宜。

「越來越難纏啊，人類眞的是潛力無窮的一種生物。」

站在雲端上的安倍晴明不得不承認，他的法術恐怕遲到了千年。

在他沉睡前的過去，沒有法術的人類只能用弓箭與弩砲去對付人面烏鴉與鐮獸，能成什麼事？三兩下就遭到全滅。只要安倍晴明擁有任何一個君王那種征服的蠢慾望，他大可仰仗出神入化的咒法攻下一個小國家。

現在呢？

這些呼嘯來去的鐵鳥不只飛得快，使用的武器也強大得不可思議，安倍晴明從魔界釋放出的怪獸幾乎不夠看，如果不是他隨時施咒補充咒獸的數量，早就被清得一乾二淨。

在水底的八岐大蛇也一樣，竟然陷入了始料未及的苦戰。

原本就連一百艘軍艦都不看在眼裡的牠，平時在大海放風可是靠捕食鯨魚爲主食，現在只毀了兩艘軍艦，且還是邊打邊逃，與往日雄風大相逕庭。

「八岐啊，怎麼你在我的咒力保護下，還是感覺到了害怕？」

安倍晴明看護著在海底鑿戰潛艦的八岐大蛇，憐惜道：「是了，你終於又想起了害怕的感覺，這是很珍貴的體驗。畢竟不懂得害怕的人，永遠都不會變得更強。」

這個大陰陽師看似從容不迫，額上卻流落了一滴汗。

「……最後會是那一方勝利呢？」

第456話

打下最多鐮獸的，當然是雷力超凡入聖的三機一體。

雷力渾身燥熱，上一次在東京上空以一打多的炙熱感又回來了。

由於全艦隊的人裡面，僅有雷力一個人對敵人的幻術沒有感應，再加上飛行技術高超，是以在Z組織的科技協力下，上層讓他一個人同時操作三台F22戰鬥機，好在大家都中了幻術的情況下還能與敵人作戰。

之前在短暫的模擬練習中，一個人一次控制三台戰鬥機綽綽有餘，沒想到在緊張的實戰中，全神貫注，雷力的狀態更在之上，彷彿與三台戰鬥機都融合為一體，精神力與操縱力達到頂鋒。

「我是雷力。」雷力降低速度，下令：「六點低流清空區，交給我一個人。」

語畢，雷力的三台戰鬥機力衝進六點鐘方向的低流清空區，即使是鷹爪機砲，也絕不浪費子彈，雷力每扣下一發，就直接爆掉一個目標的腦袋。

三台戰鬥機同時往三個方向開火，每次也就同時有三個目標被爆頭，幾個起落，雷力便將裡頭的鐮獸與人面烏鴉殺得同滿天雨點墜落。

轟！

海面隆起，然後爆開一陣夾雜著油氣烈焰的水花。

原來八岐大蛇在水底又挨了兩記高速魚雷，這次還是直接命中！

說是神話異獸，但八岐大蛇到底還是隻會受傷、會死、會情緒失控的「巨大動物」，所以安倍晴明事先在八岐大蛇的身上施法，將「不動明王護身金盾」的咒力罩在八岐身上，大大增強了這頭魔獸的防禦力。

只是魚雷太強，又連續挨了兩記魚雷，「不動明王護身金盾」整個遭衝擊波粉碎，還炸得八岐大蛇頭昏眼花。換來的代價卻只是幹掉區區一艘潛艇。

而就在八岐大蛇痛苦浮出水面的那一瞬間，短短的那麼一瞬間，安倍晴明還來不及爲八岐大蛇補足不動明王護身金盾的咒力，雷力駕駛的戰鬥機已抽出空檔，從高空射出一枚空對地地獄門飛彈。

劃破空氣，不偏不倚射中了八岐大蛇其中一顆蛇頭！

蛇頭爆炸，血肉橫飛。

一顆頭被毀，七顆頭慘烈地嚎叫，隨即甩身入海，海面又是一陣遲來的砲擊。

此時，一枚飛彈以超高速衝向安倍晴明。

「咦？」

被發現了。

安倍晴明單手一揮，大衝魔咒裡的金剛護身波立即包住了自己。

有心試試飛彈的威力，是以他用的金剛護身波是屬於質地堅硬的咒法護盾，來個硬碰硬，這下飛彈一撞不是彈開，而是爆炸！

轟！

巨大的爆炸威力將咒法護盾撕裂，衝擊波更震得安倍晴明幾乎失了神。

發射飛彈者，雷力無疑。

「人類的新咒語，的確不同凡響啊。」

安倍晴明瞇著眼，與雷力隔了一層玻璃罩四目相接。

他看清楚了包覆在雷力身上的奇特能量。

是曾經與自己用力纏鬥的生命能量——命格。

「……那個奇怪的人，竟然可以擋下飛彈？」雷力皺眉，扣下鷹爪機砲。

機砲彈砰砰砰砰，從三個方向凌厲地射向安倍晴明。

「只是，這個男人有點難以理解啊。」

安倍晴明漫不在乎地伸出手指，築起柔軟的天衣護身波，將來襲的鷹爪機砲彈任意彈開又彈開，一邊更仔細地觀察那三架不斷攻擊自己的戰鬥機。

安倍晴明從徐福的身上，學足了關於命格的一切知識。

雖然受限於血統，無法像學習其他咒術一樣，將偷天換日的獵命術給完整學起來，但他至少學會了用咒眼觀察命格的流動，還會分辨一些威力強大的命格類型。

眼前擅長飛行的男人身上寄生著能量強大的命格，並不是一件奇怪的事。

無法理解的部分在於，那個男人的身上，散發出兩股迥異的命格能量。

一股是異常平靜的冰冷能量。

一股是狂暴濃烈的殺伐性能量。

當初徐福再三強調，不論命格的能量有多微小，作爲「命之器」，每一個人的體內，最多就只能承載一個命格。獵命師的祖師爺姜子牙如此，破出族人的魔王徐福也沒能另闢蹊徑。

但爲何這一個男人的體內，閃耀著兩種非凡的生命能量呢？

欸！　　　欸！

又是雷力，兩枚空對空飛彈劃破雨線，飛速襲來。

安倍晴明雙手一張，雙重金剛護身波合璧。

轟隆！

硬碰硬，下著大雨的高空中又是一陣劇烈的大爆炸，雨屑碎散。

火焰落海。

安倍晴明周圍俱是滾燙的黑煙。

「天啊，怎麼這樣還打不下他？」雷力極爲訝異：「那是什麼防護罩？」

不多想了。

一個命格也好。

兩個命格也罷。

灰頭土臉的安倍晴明皺眉，十三指結咒。

「大衝魔咒——雨戰神天狗，聽命！」

第457話

十張寫滿咒的摺紙，衝化出了十個擁有人身鳥臉、張開巨大翅膀的「天狗」。

雨戰神天狗，並非安倍晴明所能飼養，而是他「結交」的特殊天狗一族。

顧名思義，大雷雨的天氣是雨戰神天狗最佳的戰場條件，他們一族的數量稀少，卻是驍勇善戰的空中魔兵，稱霸了古日本的半邊天空。

數百年前安倍晴明尚未入棺之時，雨戰神天狗曾遇上了可怕的敵人，那一次還有賴安倍晴明帶領鐮獸大軍前來幫手，否則早就走上滅族一途。是以雙方定下神聖的盟約，日後若安倍晴明有所求，無論在任何情況下，雨戰神天狗一族都必當接受他的召喚，出借十名勇士，為其效死力。

也許你會問，區區十名勇士，何足道哉？

這可不是一般的雨戰神天狗，這十個勇士都是精銳，每一個都可以單打獨鬥，將一百隻鐮獸當麻雀打。

原本安倍晴明是要將此一豪華戰力，留待之後的守城大戰所用。

可罕見的怒氣，讓安倍晴明提前掀了牌。

雨戰神天狗穿著鎧甲，手持雷電弓箭，巨大的翅膀閃耀著銀色的光芒。

「晴明，看來你遇到了大麻煩。」一個天狗拍拍翅膀。

「終於召喚我們出來了，對方是什麼來頭？」另一個天狗伸伸懶腰。

「如果連我們也招架不了的話，你豈不是無計可施？」又一天狗冷笑。

「別抬槓了，這些鐵鳥看起來不是泛泛之輩呢。」一個天狗俯瞰下方局勢。

「底下那些被打著玩的，是鐮獸跟人面烏鴉吧？」第五個天狗眼神不屑。

「鐮獸還行，人面烏鴉是什麼爛東西？雜牌軍當然不夠看！」一個天狗呸。

「幫你掃掉這些鐵鳥的話，我們之間就扯平了吧？」第七個天狗淡淡地說。

「來了來了，那些鐵鳥的速度真的很……讓人吃驚呢。」一個天狗非常中肯。

「這麼好天氣，來比賽吧！」最大隻的天狗朗聲說道。

「那麼，我們用最快的速度把事情解決！」第十隻天狗拉開弓箭。

安倍晴明看著這一群好久不見的雨戰神天狗，數百年前那一段並肩作戰的豪情往事登時湧上心頭，不禁露出風雅的微笑。

「……晴明，你笑得好難看。」

不曉得是哪一個天狗開口，其餘天狗紛紛表示同意。

「不想看我笑，就幫我將底下的戰爭終結吧。」安倍晴明有點惱火。

當然！

十隻雨戰神天狗各自下衝，速度異常驚人，凌駕在鐮獸之上。

「到底是怎麼跑出來的？那是哪一種畸形科技？」

雷力瞪大眼睛，看著這些他想都沒想過的……絕對不合理存在的怪獸，但心底一點也不害怕：「大家不要怕，總之事情很簡單——把擋在我們前面的怪獸統統射掉就對了！」

「沒錯，大家散開來。」

「注意注意，新敵人出現，小心應戰！」

「對方速度很快！快散開快散開！」

幾台F22戰鬥機朝雨戰神天狗開了幾砲，都被他們閃電般躲了過去。

原本已被F22戰鬥機掌控住的天空，恐怕又要重新洗牌。

砰！

「非常痛!痛死我了!」一個雨戰神天狗想知道這些鐵鳥的攻擊力，刻意用翅膀的邊邊挨了一下，結果卻痛得哇哇大叫：「千萬別被打中了!」

非常痛，卻也不過是翅膀冒煙而已，沒被打出個洞。

這當然不是因爲他們的肉體無比堅硬，而是雨戰神天狗身上所穿的盔甲施有天狗族的古咒語，能夠發出類似「護身金盾」的防禦波。但直接挨到現代化武器的超破壞力，護身金盾不免還是遜上一籌。

「鐵鳥!吃我一箭!」

一名雨戰神天狗拉開巨弓，瞄準前方一架F22戰鬥機。箭如雷，卻沒射中。

「這些鐵鳥竟然那麼快?」雨戰神天狗極度震驚。

震驚的還在後頭。

一枚空對空飛彈穿過大雨，拖著火焰尾巴逼近此一震驚不已的雨戰神天狗。

而這個來自遠古的空中戰士，只是呆呆地看著飛彈逼近。

想試一試?他咬著鳥牙，強壯的前臂鼓起如盾。

「笨蛋!」

一道速度不下於飛彈的雷箭，從側邊快速絕倫地射穿那枚來襲的飛彈。

大爆炸。

超大的衝擊波將那一個想「試一試」飛彈威力的雨戰神天狗給震翻了好幾圈。

「別被那種東西射到了！」前來解救同伴的雨戰神天狗罵道。

只一眨眼，雨戰神天狗已將那些痛宰鐮獸與人面烏鴉的鐵鳥，當作一回事。

可惜已經出現第一個倒楣鬼了。

雷力鎖定一隻落單的雨戰神天狗，一前一後，纏鬥得非常厲害。

鷹爪機砲在雷力的手中，當然遠比其餘的駕駛還要厲害，但這麼厲害也只有兩成的命中率。可是這兩成命中率，已經打得前方的雨戰神天狗七葷八素。

吃痛的雨戰神天狗不時回頭朝雷力射箭，卻都被雷力堪堪躲過。

「還不讓我射中！」雨戰神天狗又痛又怒，雷箭連發，卻都無功而返。

一分鐘過去，雷力便慢慢掌握了新敵人的飛行節奏。

兩成的命中率，提高到了三成。

……四成。

但掌握敵人節奏的，又何止是雷力一方？

「可惡！可惡！」不斷挨砲的雨戰神天狗，迴身猛射了十幾箭，箭箭落空。

說是落空，但就連飛行技術出神入化的雷力都躲得很吃力，還一度考慮讓其中一台副機幫自己的正座機擋下致命的一箭，幸好還是驚險閃開。

只是再這樣下去，雨戰神天狗遲早會抓對出箭的時機與角度。

可怕的敵手。

「很硬啊……竟然比鐵還硬……」雷力冷冷地盯著螢幕上死都不爆的雨戰神天狗，一點也不生氣，反而激起更強的鬥志：「那我倒要看看你可以硬到什麼程度。」

集中精神。

三台飛機不再是接近平行的飛行，而是如花綻放，在大雨中徹底散開。

三個完全的三度空間，幾乎百分之百不可能同時由一個人操作！

「是我的話……」雷力面無表情，說：「就一定能辦到。」

第一次，無形的生命能量再度從雷力的身體裡，迅速擴張出去，先是濃密地包覆住身處的戰機，然後橡皮糖一樣飛甩出去，捲黏上極遠的另外兩台戰機。

三機連線，猶如在高空中張起一張可怕的大網。

三台聯合飛行的F22戰鬥機同時開砲，這次不是單扣，而是綿密的連發。

從三個不同的方向，每一發鷹爪機砲都狠狠地打在雨戰神天狗的背上，猶如鐵鎚敲釘，叮叮咚咚，叮叮咚咚，鏗鏗鏘鏘，與咒力發出的防禦波擦出無數道火花，雨戰神天狗被射得越飛越低，幾乎要貼著海平面飛行。

「還不下去！」雷力還不鬆開扳機。

防禦波整個爆碎，雨戰神天狗整個摔在海面上，翻了好幾個滾才沉入。

在這一個雨戰神天狗被射跌入海的同時，天空一道雷箭掠過，一道雷箭又掠過，第三道雷箭斜斜穿過一台F22戰鬥機的座艙，直接殺死了坐在裡頭的飛行員，整台戰鬥機垂直插入海中。

只一眨眼，一個雨戰神天狗藉著十幾隻鐮獸的掩護，突入人類戰鬥機的陣形，一拉弓，雷箭精準射入一台F22戰鬥機的引擎，直接在天空中爆炸。

一轉身，沒有絲毫猶豫，那勇悍的雨戰神天狗立即朝想伺機偷襲他的雷力，連續射出五箭，每一箭都差一點點就命中雷力的主座機。

「不簡單。」雷力沉住氣。

「那三隻鐵鳥……」雨戰神天狗遠遠瞪著雷力：「百箭之內將你射下！」

天空，是誰的？

屬於過去？

屬於未來？

雷箭與鷹爪機砲，在滂沱大雨的高空中交織……

別人的東西比較好

命格：情緒格

存活：一百年

徵兆：宿主老是覺得朋友的女朋友比較正，覺得別人便當裡的雞腿比較大隻，剛剛買了NIKE的慢跑鞋不過十分鐘，走過Puma的專櫃立刻很後悔為什麼沒有買另外一雙。

特質：宿主活在三心二意的後悔地獄裡，其實是缺乏自己的中心思想，無法獨立判斷。歷史上最知名的被寄宿者是櫻桃小丸子的姊姊，其名言：「人生就是不斷的在後悔。」流芳百世。

進化：為什麼我爸爸不是比爾蓋茲？

第458話

終於。

甲賀祕法「鐵遁」解除了一般常識裡的物理限制。

施咒者的身體像水銀一樣，以極為緩慢的速度慢慢「沒入」艦壁。

身體進入咒的異化狀態，每一個動作都需全神貫注，防禦力降低到零，如果在此時有人攻擊他，就算只是區區一支手槍甚至一把匕首，這個日本國史上最強的忍者，就會正式成為偉大的歷史。

沒錯。

此人正是從未有一秒睡進樂眠七棺的大忍者，服部半藏。

可不像史書上所說的那一個老奸巨猾的服部半藏，身為一個真正的忍者，絕對沒有忽視體能只講忍法施咒的道理，成為血族後，配合曾修煉過的萬千忍法，他更解開了改變肉身年齡的祕密，讓體能一直保持在接近巔峰的狀態。

在一個小時前，他徒手抓住八岐大蛇古怪隆起的背脊，一路用龜息忍法潛泳，慢慢迂迴地接近第七艦隊的過程中，幾乎耗竭了所有的體力。

待得八岐大蛇與從天而降的咒獸大軍吸引住美軍的所有注意力，他就脫手離開八岐大蛇，伺機尋找靠近航空母艦的機會。

可惜，航空母艦周遭的預警太強，浪又異常的大，更要緊的是「咒的限制時間」又越來越逼近，無可奈何，他只能就近選擇這一艘巡洋艦先上。

經過令人焦躁難耐的一分鐘後，服部半藏的身體已經全部沒入了艦體。

再過一分鐘後，他滿身大汗出現在機輪室悶熱的夾縫中。

很幸運，這個連空氣都快燙死人的地方一個人也沒有。

服部半藏拿出剛剛那一把用來刺艦的短刀，反手緊握。

「臨。」

猛地，服部半藏將刀用力插進自己的肚子。

「兵。」

眉頭皺都沒皺，服部半藏面無表情，緩緩地割動手中刀。

「鬥。」

慢慢地，從左至右，刀子繼續割開肚子。

「者。」

每割動一吋，服部半藏就隨著節奏念出咒語。

「皆。」

這比自古以來所有切腹自殺者，動手的速度要慢上太多太多。

「陣。」

原本就熱得滿身大汗，此時更是汗如雨下。

「列。」

別說常人了。

就算是沙場老將，也寧願被亂箭射成刺蝟，不想痛得如此煎熬。

「在。」

極爲緩慢，刀子將肚子劃開了一條深紅色的縫，縫又深又長。

「前。」

縫裡噴濺出大量的鮮血，若非另一手捧住，腸子也隱隱要流了出來。

服部半藏並非「仙人體質」或「魔人體質」，他所學習或創發的每一個忍咒，都是用絕大的犧牲等價換來的。

咒的威力越強，反噬的風險越大，施咒者所承受的痛苦也越大。

所有嘗過他苦頭的敵人，都只看到服部半藏令人目不暇給的繁雜忍法，以爲他是天才，一敗塗地的時候都忿忿不已。

事實上，何止天才！

服部半藏的天才遠遠超過任何人的想像！

凡人知道自己的侷限，所以習慣安於現狀，也不覺得有任何損失。

可「知足常樂」不適用在非凡者身上。

就因爲服部半藏是天才，天資聰穎，他心知肚明他有機會、也有本事在有生之年學會伊賀與甲賀兩族歷代相傳的所有忍術祕法，於是，跟大部分的天才一樣，他不甘心他有機會這麼得到那麼大的成就，卻沒有動手去做。

下定決心後，服部半藏比所有忍者都要刻苦習練，付出絕大毅力，捨棄「與世無爭的快樂超強」，去換取痛苦不堪的「當今之世，絕對最強」。

他的故事，從不屑與人提。

被眾強者當成單純老天賞飯吃的天才，是服部半藏的驕傲。

大量的鮮血落了滿地，被高熱蒸出紅色的血煙。

在千辛萬苦潛進敵營後，服部半藏又承受了足以痛死一百人份的自殘。

刀子插在地板上，單手用滿地的血污劃出奇形怪狀的密語。

完成了。

此時此刻，這位曠古絕今的忍術天才，要施展一個恐怖的大咒。

「伊賀祕法，死生影藏術——解！」

服部半藏往被割裂的肚子上輕輕一按，閉上眼睛。

一雙活生生的手，從服部半藏的「肚子深處」用力將血縫扒得更大，大到足以讓那雙手的主人從裡面翻了出來——

是東京十一豺裡的波霸女忍者，優香！

渾身是血的優香，單膝跪在地上，朝服部半藏恭敬一拜。

「前輩辛苦了，要……要休息一下嗎？」

優香沒有將臉上的血污抹掉，那是榮耀。

「這是戰爭。」一點也不嚴肅，服部半藏咧開嘴笑：「忍者什麼時候能在戰爭裡休息了？分秒必爭，別忘了妳在這裡的目的。」

「是，那小的先上了。」

再一拜，優香起身，消失在偉大的前輩面前。

服部半藏一用力，又一個忍者從他的肚子裡鑽了出來。

又一個。又一個。又一個。然後又一個又一個。

原來剛剛切開肚子只是在中場休息，眞正的痛苦現在才開始！

好像是電影特效，一個又一個迸出服部半藏肚子的忍者，多得令人眼花撩亂。

沒時間一個一個拜別了，他們一出肚就衝出機輪艙，各自執行不要命的任務。

幾乎是偷襲之最。

這個名爲「死生影藏術」的禁咒，能夠讓施咒者將一千八百個人暫時「藏」在身體裡，一個用咒語虛構出來的黑暗空間。

一個人當然比一堆人要不容易被發現，只要施咒者能隻身潛到敵人的大後方，就能一口氣從割裂的肚子裡釋放出自己陣營的戰士，殺得敵人措手不及。

當然也有很大的風險……

萬一施咒者在任何過程中被敵人殺死，咒就會崩壞。

萬一沒能來得及趕在限制時間內解咒，咒就會崩壞。

萬一施咒者在切腹開洞的過程中失去意識，或斷氣，咒也會崩壞。

這三個「萬一」只要發生了其中一個，施咒者竟等於前功盡棄，那一千八百個己方戰士就會永遠困在虛構的咒結黑暗空間裡，跟死了沒有兩樣。

而現在，服部半藏克服了三個恐怖的萬一。

九百個伊賀忍者，九百個甲賀忍者，猶如逆流的黑色瀑布，和著血從服部半藏的肚子裡爆噴了出來。一落地，不回頭就往前衝。

比起照顧可能會因爲失血過多死亡的偉大前輩，他們有更重要的任務！

滄海一生笑

命格：集體格

存活：五百年

徵兆：瀟灑愉快，整天覺得……人生至此，夫復何求？連尿尿都覺得特別順暢，看A片也常常不需要快轉，畢竟所有無聊的對話跟冗長的互動都有它的意義……是嗎？是吧！

特質：覺得人生關關難過關關過，沒有不能解決的問題，這種人格特質會迅速轉化成正面的充沛能量，不斷帶給周遭的親朋好友繼續活下去的勇氣。現在的世界有了網路，所以這種命格正嘗試透過網路的虛擬關係將能量散發出去，並從大家的心情提昇上，循環獲取更強大的能量。

進化：修成正果

第459話

中國龍。

中國第一大，理所當然也是全世界最大的吸血鬼獵人團。

直接由解放軍統一代訓，武器與金錢全由中央供應，在中國境內辦事全無法律準則問題，是全世界唯一一個擁有戰略核子武器的超級獵人團。

缺點是並非獨立運作的情況下，中國龍獵人團與官方勢力之間常有妥協。

優點顯而易見，就是來自官方源源不絕的資源挹注。自也不乏高手。

南京淪陷後第三個小時，中國龍就派了一支特遣隊衝進了南京。

全滅。

事態嚴重。

此時此刻，正在「災區」進行任務的中國龍獵人，多達三百人。

這個數目已是其他國家一般獵人團人數的總和。

幽暗的地下道最是危險。

在這裡可沒有白天與夜晚的分別，卻有一群人用快速的步伐前進。

兩條狼一樣的獵犬在人群前嗅來嗅去，跑跑停停。

「沒想到會有這樣並肩作戰的一天。」

說這句話的獵人，正是中國龍自家的獵人排行榜上，高居第十的高手，傅駒。

「暫時的罷了。」

一個高大的壯漢露出森白的牙齒：「過了這幾天的危機，又是你追我跑。」

高大的壯漢，是一個南京吸血鬼幫派的領袖，有個叫「百嶽」的渾名。

跟複雜的人類社會一樣，豈有人類就一定幫助人類的道理？

中國吸血鬼，跟日本吸血鬼從來就沒有對盤過。

南京淪陷的那一晚，南京的中國吸血鬼幫派毫不遲疑加入了解放軍這一邊，跟穿著日本二戰土黃色軍服的吸血鬼大軍奮力一戰，犧牲巨大。

傅駒領著十個身懷絕技的屬下，百嶽更帶了十幾個幫派小弟，兩組暫時化敵爲友的人馬，剛剛解決了一隊躲在百貨公司地下倉庫裡的日軍吸血鬼。

現在，他們正逐漸接近……

「你們解放軍在地表掃蕩，不過是殺些倒楣的感染者，看起來很有事做罷了。」拿著火焰槍的百嶽不屑道：「那些眞正的混蛋當然是藏在地底下。」

「你知道，我知道，上面的解放軍也知道。」傅駒倒是不以爲意，腳步不停：「但無論如何大家都有活幹，最後也能達到目標，也就行了。」

「達到目標？」百嶽不置可否。

那些日本吸血鬼連再犯南京這種無恥勾當都幹得出來，美國與日本開戰在即，種種背後的陰謀又豈是他們這些小人物所能理解？

達到目標，可笑。

現在暫時跟討厭的獵人合作，殺殺日本吸血鬼，不過就是單純的討厭那一顆紅太陽的歷史情結罷了。百嶽握緊火焰槍，眞想再狠狠燒他媽的。

地下道的深處傳來了陣陣臭氣，越走近，就踢到越多屍體。

臭氣難當，就連百嶽都忍不住皺起眉頭。

有些自然是吸血鬼的殘骸，大多數是遭到撕裂的老百姓，少數則是解放軍。

這麼多屍體，表示這條地下道曾發生過激烈的戰鬥。

或……

經驗豐富的傅駒舉起手，示意大家停下腳步。

又一揮手，則是示意噤聲。

兩條獵犬一動也不敢動，直挺挺地坐好。

「……」傅駒蹲下，檢視地上的屍體。

這些屍體，倒的方式有些不自然。

似乎被刻意排列過？

傅駒閉上眼睛，運起精純的內力，慢慢地發出不算擾人的殺氣。

殺氣像是好幾條巨大的蟒蛇，以非常緩慢的速度朝地下道深處蔓爬進去。

靜悄悄，不具挑釁。

這是許多修煉內力的中國獵人慣常使用的殺氣刺探術。

如果前方有敵人，一觸碰到這股殺氣，若沒有辦法沉著地忽視他的殺氣，一旦不由自主心悸或恐懼、或是產生了敵意，傅駒便會感應到敵人的存在。

缺點之一，就算前面是一條無害的狗，對殺氣有了感應，便會產生誤判。

缺點之二，如果對方是超級高手，刻意靜心以對，殺氣也將無功而返——此時傅駒若鬆懈大意，快速前進，便很容易著了突襲的陷阱。

他們的任務是尋找藏匿大批吸血鬼部隊的地點，而不管那些吸血鬼如何化整爲零，至少都是好幾百人窩在一起。好幾百個吸血鬼，不可能個個都是超級高手，只要有一個起雞皮疙瘩，傅駒就會瞬間得知狀況。

在這種時刻施展殺氣刺探術，不可能有錯。

刺探了好一會，沒有什麼發現。

傅駒張開眼睛。

「?」百嶽用眼神詢問。

……就是覺得這些屍體不對勁。傅駒還是舉起手，揮了揮。

再度閉上眼睛。

這一次，殺氣不是往前方推送，而是朝著更深的地底往下探索。

不是第六感。

是經驗。

這幾十具發出惡臭的腐爛屍體，不像是戰鬥過後自然死在原地的狀態，而是被搬運過來堆放的……現場的痕跡就是這麼告訴傅駒。

這一次很快，傅駒睜開了眼睛，站了起來。

挖到寶了。

「這些屍體是他們用來遮蔽自己的氣味用的。」傅駒小聲地說，指著下方：「他們躲在下面，離這兒還有一段距離，多半是大排水溝或是下水道之類的地方，數量驚人。」

「唔。」百獄有點佩服。

傅駒拿起無線電對講機，按下通話。

天使的小禮物

命格：機率格

存活：一百年

徵兆：種在布丁盒裡的綠豆發芽了。懷孕多日的孔雀魚生了。發下來的平時考考卷老師漏改了一題賺到兩分。

在網拍低價下標的海賊王週邊商品竟然得標了。

特質：宿主每一天都會發生一個小驚喜，或許微不足道，不可能去中到樂透，但知足常樂也是很重要的喔！命格吃食宿主每天一小份量的快樂而茁壯，但若宿主對這種每天的小驚喜不屑一顧，甚至反而不滿足的話，命格將大受打擊，背離而去。

進化：吉星、信牢、旅行的意義、大幸運星等

第460話

好熱。

銀荷躺在一台被燒過的破車裡，喬裝死屍，等待一支十人巡邏隊接近。

這麼熱，陽光的壓制力更強了。

說不定精神力已無法達到十四公尺，可昨天白天最低還有十七公尺的範圍……

腳步聲還很遠。

等待的疲倦感伴隨車裡的高溫，再度侵蝕著銀荷。

「……」

她的手指，下意識在大腿上敲了敲，敲了敲。

根據與阿不思在破曉前最後一次通訊，所得的情報……大戰今日爆發。

對人類來說，破曉是最佳的開戰時刻。

原子彈終結了血族在二次世界大戰的瘋狂，這一次，美國人能夠拿來摧殘日本的武器不勝枚舉。浩浩蕩蕩的美國第七艦隊，此時此刻正蹂躪著東京吧。

遠在東京的我族戰士們，能抵擋美國人到什麼程度呢？

無論如何，能夠與同伴並肩作戰的感覺，即使是死，也一定很棒吧。

忠心耿耿不代表可以當朋友，那些甦醒過來的血族戰士，幾千上萬，可沒一個可以聊天的。況且又笨，對這個世界的改變一無所知，只曉得打打殺殺。

手指敲著，敲著。

剛剛才從冰王那裡偷到權杖的神偷亞里紗，還不曉得那支權杖擁有什麼樣的魔力，以及背後代表的血腥歷史，滿心以爲可以拿到黑市變賣到一筆好價錢……

權杖威力強大，冰王派出去追亞里紗的三名雪國騎士，一直以爲偷走權杖的是充滿陰謀詭計的邪惡集團，他們一方面急著奪回權杖，一方面又畏懼權杖的力量，只好保持距離……呃，有點不合理，不過暫時忽略……

眞的好熱。

手指敲著。

角色要有觀感衝突才行。所以其中一個騎士，一定得是個壞人。

壞騎士想將權杖據爲己有，於是暗中聯絡曾經欠他人情的盜賊團……也就是以前出場過的鱷魚人卡司班比率領的惡徒們，想策劃一場將冰王蒙在鼓裡的假襲擊。

另一個騎士，則在千里追逐的過程中愛上了亞里紗。這是一定要的。

當然，騎士根本沒發現自己的改變，所以要想出一個衝突事件，讓負責奪回權杖的騎士反欠亞里紗一個人情？所以在那一場假襲擊裡，反而是亞里紗救了好騎士……嗯嗯，雖然有點老梗，不過老梗之所以人人愛寫，就是因爲老梗人人都愛看。

至於第三個騎士呢，要讓他死在壞騎士策劃的假襲擊裡嗎？

手指還是敲著。

自己，一個人很久很久了……

第461話

東京作爲故鄉，已是非常模糊的記憶。

爲了任務，銀荷必須經年累月潛伏在中國。

半個世紀以來沒有接到眞正的大任務，是和平的象徵。

和平，卻是戰士最大的悲哀。

一開始潛伏在中國的前二十年裡，銀荷的確有英雄無用武之地的感覺，不管中國發生了多少驚天動地的大變革，這裡還是不需要戰爭——奉命袖手旁觀的她漸漸覺得十分無趣。

中國的吸血鬼，比中國的人類還要仇日。

由於一開始便不存在著任何合作的可能，銀荷沒打算接觸根深在中國的本土吸血鬼。就連獵殺人類、補充維生所需最低程度的血液，她也遠遠避開她所知道的中國吸血鬼地盤，以免被發現她這個「外來者」的存在，惹出不必要的麻煩。

徹底低調，她連彈指可殺的獵人也不想與之戰鬥。

一旦察覺附近有獵人的聯絡記號，銀荷便快速離開，萬不得已她才會動手……當然了，也稱不上是動手，她輕輕鬆鬆就獲得了壓倒性的勝利。

日子不是一年一年過，而是一天一天過才難熬。

難熬，也不能不熬。因為銀荷是戰士。

遲遲沒有接到來自皇城的明確指令，銀荷依舊過著有系統的遊蕩生活。

每到一個城市就用「萬一將來這裡發生戰爭，哪些資源可以使用，我該如何在這個地方展開最有效率的行動」的戰略思維，下去做分析。

於是中國每一個大城市銀荷都很熟悉，卻完全沒交什麼朋友，對她來說所有的人類都可以食用。

——為什麼要跟食物交朋友？人類會跟一隻隔天就要被宰的雞聊天嗎？

很多看起來很了不起的事情，其發軔，不過是一場偶然。

任務需要，銀荷的中文說得跟日文一樣好。

爲了更熟練中文的用法，這幾年來她甚至練習用中文寫起小說，寫著寫著，竟寫出了心得，最後還匿名將小說發表在網路上。

出乎銀荷的意料，那一篇名爲「倒轉月亮的心臟」的奇幻小說大受網友歡迎，還上了好幾個奇幻文學網站的點擊數排行榜前十名，她隨意註冊的帳號「vanessa1703」也就順理成章變成了她的筆名。

很多讀者網友都以爲1703是銀荷的生日，三月十七號的倒寫。

不對，但也不能算錯。

因爲1703的確是銀荷的……誕生年分。

後來以vanessa1703之名陸續發表的《倒轉月亮》系列的奇幻小說《來自火焰星球的逆襲》、《崩壞海底城，冰王的權杖！》、《魔王的灼熱眼淚》都頗受好評，不知不覺累積了數十萬個死忠讀者，人氣穩居各大奇幻文學網站的前三。

作品獲得了「食物」的熱烈迴響，一篇又一篇要求作者現身、要求銀荷辦網友聚會、希望出版社幫「倒轉月亮」系列出書，種種回應都讓銀荷啼笑皆非。

食物們都叫她Ｖ大。整天Ｖ大Ｖ大地叫、Ｖ大Ｖ大地催稿。

其中有一個食物讀者還自作主張幫vanessa1703架了一個個人網站，將她發表過的小說彙整過去，讓讀者的討論更加集中。甚至還有食物讀者幫小說畫起人物設定稿。

……不過是食物。

不過是食物，卻讓冷酷的銀荷有了新的人生目標。

無論她遊蕩到哪一個城市，她都揹著一台輕薄型的筆記型電腦，走到哪，就寫到哪，上傳小說的最新連載進度到網路上後，再觀看那些無知的食物狂熱地討論她的小說，成了銀荷最大的樂趣。

偶爾，銀荷也會加入討論。

一開始有點彆扭，不過……

「說不定，有人眞的會跟雞講話。」銀荷一邊敲鍵盤，一邊這麼跟自己說。

說著說著，她不只貼小說，也開始跟讀者瞎聊。

最後順理成章經營起自己的粉絲俱樂部。

半年前，一堆瞎湊熱鬧的食物讀者起鬨，要求vanessa1703就算不辦網聚，至少也貼出作者照讓大家過過迷的癮。

什麼跟什麼？銀荷斷然拒絕。

斷然拒絕的結果，竟然演變成一堆看她不順眼的網路作家，發文酸vanessa1703根本就是個大醜女，才不敢以眞面目示人，造成奇幻文學論壇一陣沸沸揚揚。有食物表示認同這樣的猜測，有食物哈哈大笑，有食物乾脆貼幾張醜女圖出來亂。

雖然很多忠實的食物粉絲力挺她們口中的V大，但都是聲嘶力竭……V大是個醜女又怎樣？V大又不偷不搶不講別人壞話，想低調地當一個專心創作的網路作家，醜一點，又礙了誰！

醜女？

即便是三百年的修養也按耐不住！

她拿起手機，想都不想都按下了快門。

「很抱歉，也許我長得不夠美。但這串無聊的討論可以省省了！」

銀荷滿腔怒火地將自己的側臉照貼上網，然後補上這一句。

這才平息了那一大串關於作家美醜的酸文。

事後銀荷覺得自己很好笑，竟然跟那些食物一般見識。

不過銀荷也因此感受到網路眞的是一項很神奇的發明，銀荷一向以爲自己淡漠人世，卻在網路裡發現一個很在乎他人看法的虛擬自我。

現在銀荷正在網路上連載的作品，則是第五部曲《呼喚無翅龍的神偷》，已經連載到第十七回，前面無聊的鋪陳剛剛告一段落，精彩的劇情正要開始。

正要開始……

然後是東京類銀事件。

戰爭爆發了。

連載，也中斷了。

第462話

手指停了。

腳步聲接近。

銀荷再度集中精神，精神力快速擴張，搜尋進入十四公尺內的腦袋。

能一舉成擒剛剛遠遠看到的十顆腦袋嗎？

一個……兩個三個四個……六個……七個……再走過來一點……

以自己爲圓心的話，一口氣幹掉十個很有機會。

「注意。注意。」

一名通訊兵手中的無線電響起。

銀荷原本就要握緊的手，頓了一下。

「我是中國龍傳騎隊長，友德街地下道下發現數量百人以上的吸血鬼藏匿，請所有鄰近的部隊前往支援。請注意，先用優勢武力將友德街附近的下水道口全都堵住，火藥班再開始行動。完畢。」

銀荷一凜。

糟了，友德街區域底下的下水道非常隱蔽，原本還以爲是相當安全的地方，才會一口氣將四百個鬼兵囤在裡頭休息。

……被發現的話，至少會有四百個弟兄喪命。

拿著無線電的通訊兵張望著同伴：「怎麼，要去嗎？」

其中一個班兵毫不遲疑：「廢話，肥缺當然要去。」

另一個班兵接口：「我們是優勢武力，這種功績當然要去分一杯羹。」

「……喂，印象中，友德街是不是在豐江百貨那邊？」看起來像是班長的人物狐疑道：「昨天也去巡過那附近的樣子。」

一個班兵迅速翻用掌上電腦查詢城市街道圖，說：「對，那棟百貨大樓底下就是幾個下水道的連通口，部隊一定在那裡集結。我們快點過去才能站在前頭開槍啊。」

「喝，班兵注意。」班長拍拍手：「剛剛都聽到了吧，小跑步過去！」

要去爭功是吧？恐怕沒你們的份。

銀荷雙拳一握。

四顆大鐵球從四個方向一起滾來，瞬間便將十個解放軍班兵給「壓扁」。

接下來要做什麼根本不需要考慮，銀荷只有戰鬥的念頭。

她立刻蹲下來脫掉一名解放軍的軍服，迅速換上，但顯眼的黑色遮陽安全帽恐怕沒法子換成解放軍的頭盔。也罷，事事豈能如意。

簡單易容的她一邊朝友德街迂迴跑去，一邊估算自己還能運用的幻殺鐵球額度。汗如雨下，視線昏沉，全仗著一股「同伴危險，唯一的救星只有自己」的意志力驅動雙腳。

約莫還有兩百四十多顆鐵球吧？

如果將「無可奈何逼出的潛力」也一併估算進去，頂多衝到三百顆鐵球。

乍看下這三百顆鐵球已經非常威猛，問題是，幻殺的距離根本不夠。

晚上幻殺的距離是方圓一公里，銀荷是恐怖的大魔神。

白天的幻殺距離僅有區區十四公尺，她降格爲一個鬼鬼祟祟偷襲的小將。

硬要從方圓十四公尺，一鼓作氣拚到五十公尺的話，也不是不行，最多只能撐住五秒，如果五秒內中了幻術的解放軍沒能死絕的話，就輪到腦力放盡的銀荷倒下。

別想這麼多了，屬下的性命就只能仰賴自己了！

快跑！

旅行的意義

命格：機率格

存活：一百五十年

徵兆：常常在上班時間望著辦公室窗外，望出神的你，終於壓抑不了想要請假透透氣的念頭。趴在厚重考卷上的你，不停按著自動鉛筆發出無聊的答答聲，你心想，要是能擺脫這一切該有多好？放下一切，去旅行嗎？

特質：那麼就去旅行吧！宿主或許還不知道自己想要追尋的東西是什麼，但漫長的旅途將會帶給你某些啓示。至於是什麼樣的啓示，宿主無法決定，是好是壞，是領悟，是覺悟，都是這一場旅行的意義。

進化：吉星、大幸運星、雅典娜的祝福等

第463話

「姊，我們要繼續看他們打來打去嗎？」

「這不是我們的戰爭……不過我很討厭他們。」

「……」

「……」

「好耶。」

「什麼好耶，小心那些普通人發現我們，不分青紅皂白就開槍！」

在高樓天台上說話的，是一對姊妹獵命師。

姊姊叫谷亮亮，妹妹叫谷晶晶。

姊姊二十三歲，妹妹下個月滿十八，兩個人從小玩到大，感情極好。

她們完全並不知道，她們能夠當姊妹的時間，只剩不到三十天。

這兩個女孩兒爲什麼出現在這裡，得從一個多月前說起。

說是執行大長老交代下來的任務，她們的爺爺跟爸爸媽媽一前一後都出遠門了，不曉得什麼時候才回家。臨走前爸爸吩咐她們，如果過了一個月爺爺沒回來、他跟媽媽也沒回重慶老家的話，她們一定要待在家附近不要亂跑。

爸爸再三強調，妹妹十八歲生日那一天，會有其他的獵命師長輩到家裡幫她慶生，絕對不可以讓長輩白跑一趟，否則爸媽回家，一定重重懲罰。

這麼說起來……

「姊，那我們就有一個多月的時間到處去玩耶！」那時，谷晶晶這麼歡呼。

「是這樣的嗎？」谷亮亮聚精會神看著電腦，滑鼠移來移去。

「喵。」一隻灰色的小貓趴在電視上，發表簡單的高見。

「唉呦姊，我會一邊玩一邊修行的啦，眞的眞的，我保證！」谷晶晶哀求。

「……要認眞修行喔。」谷亮亮皺眉，嘴角卻淺淺地揪了一下。

其實谷亮亮自己也想玩。

從小就受到爸爸跟媽媽超嚴格訓練的谷亮亮，已經亭亭玉立的二十三歲了，卻連基本的化妝都不會，平時唯一的消遣就只有看網路小說，用現在最時興的用詞來講，就是宅女。

最嚴厲的爺爺不在，爸媽也出了遠門，此時不溜，更待何時？

只要曉得在妹妹生日前回到重慶老家，就不算犯規了吧！

雀躍不已，谷亮亮帶著谷晶晶收拾了最簡單的行李，兩個背包，外加一隻古靈精怪的貓咪「亞里紗」，便一路從重慶嘻嘻哈哈玩耍到外省份。

頭一回毫無拘束，無人打罵，她們沒一刻花在修行上，時尚雜誌跟化妝品倒是買了一大堆。妳畫我，我畫妳，相互研究，樂此不疲。

四天前，姊妹倆搭火車玩到了南京。

連續三個晚上，兩個姊妹經歷了人生第一道驚濤駭浪。

無數個從二次世界大戰尾聲跑出來亂的日本吸血鬼兵，將南京陷入無以復加的恐怖裡。到處都是搞不清楚狀況只曉得尖叫的居民，還有一堆倒在地上無法尖叫了的前居民。

「喵！」亞里紗全身拱起，齜牙咧嘴。

「比小說還誇張。」谷亮亮嘖嘖稱奇，摸了摸亞里紗安撫。

「姊，前面的路被吸血鬼塞滿了啦！」谷晶晶指著擠在前方暴動的吸血鬼。

一般吸血鬼，哪裡是這一對姊妹的敵手？

不用三兩下，一下就解決掉。

「好噁喔。」谷晶晶吐吐舌頭，丟掉手中的電話亭。

「再噁，也要確實解決掉。」谷亮亮將卡車扔到還在抽搐的鬼兵屍體上。

吸血鬼越來越多，越來越多，白天，解放軍才高興進來鎮壓，顯顯威風。晚上，解放軍只敢在城市外圍劃下封鎖線，對著裡面胡亂開砲。

這的確不是少女的戰爭，所以這對愛化妝的姊妹只是躲躲藏藏，遇上敵人了便解決，否則就只是低調地蒐集食物跟水，尋找稍微舒適的棲身之所。

這種程度的危險，只是爲這一趟旅行添了一些冒險犯難的刺激，不構成什麼。如果爸媽將來問起來，她們甚至還可以理直氣壯地說……「對啊！我們眞的是去修行的，還在最危險的南京打了不少吸血鬼呢！」

倒是她們非常好奇，街上一直都有軍人大量離奇死亡，而身上根本沒有傷口。

「敵人裡面有高手，而且還是一個非常非常厲害的絕世高手。」谷亮亮歪著頭，實在研究不出來這個高手的手法：「看不出來是怎麼做到的。」

「遇到了呢？可以把他殺掉嗎？」谷晶晶眨眨眼，吃著快要壞掉的麵包：「還是乾脆逃跑啊？」

「如果敵人只有一個，又好死不死遇到了，憑我們姊妹合力，一定可以打敗他。」谷亮亮倒也十分天眞，一點也不像是二十三歲的大姊姊。頓了頓，又說：「不過我說逃的時候，妳可別繼續跟敵人玩下去，知道嗎？」

「知道了知道了。」

谷晶晶保證，比了一個ＯＫ的手勢。

此時，她們正在某大樓天台上吃垃圾零食，喝早就不冰的垃圾飲料，看著底下的解放軍進行堅壁清野的吸血鬼屠殺，而小灰貓亞里紗則慵懶地躺在闔起來的筆記型電腦上睡覺。

幾台直昇機從她們的頭頂飛過，也沒理會她們，畢竟這兩個女孩兒既大剌剌站在太陽底下吃東西，可見不是吸血鬼。不是吸血鬼就好。

居高臨下的兩姊妹很快就發現，附近有許多解放軍都朝著自己這個方向推進。有坦克，有裝甲車，更別提好幾百個踏著結實步伐前進的步兵。

「下面怎麼了？」谷晶晶總是負責問問題。

「不大對勁啊，但我也不知道爲什麼。」谷亮亮照舊負責模稜兩可的回答。

陣仗越來越大。

底下的解放軍，似乎正圍著這棟大樓，築起一道又一道火力城牆。

二十幾台坦克不僅砲口對準這裡，坦克上面的攻擊兵也架好了機關槍。

谷亮亮瞇起眼睛，拿著搶來的望遠鏡調整倍率。

「好像，有人在裝炸藥。」谷亮亮說，將望遠鏡遞給妹妹。

「那這棟樓會被炸掉嗎？」谷晶晶接過有點緊張。

「應該不會……吧？靠這麼近，大樓倒下來他們也會死很多人。」谷亮亮又接過望遠鏡：「看起來他們是要炸這棟樓的地底下，可能有一大堆吸血鬼躲在下面被發現了。」

嘖嘖，越來越多人了。」

氣氛很緊綳，幾個軍官揮動旗子代替口語，統一傳達了預備攻擊的命令。

雖然邏輯判斷這棟百貨大樓不該被炸掉，但還是有點緊張。

萬一眞的有那個萬一……

第464話

此時，一台姍姍來遲的坦克，以頗為奇怪的繞行方式駛進集結地。

許多士兵都被迫讓路，以免被這台駕駛技術有問題的坦克給碾到，但有一台裝甲車閃避不及，還真的被冒冒失失的遲來坦克給擦撞到，引起一陣不滿的叫囂聲。

那一台「新手上路」的怪異坦克，最後停在集結解放軍的中間。

……極度刻意的位置。

怪事發生了。

「！」拿著望遠鏡的谷亮亮，大吃一驚。

「我要看！」谷晶晶搶過望遠鏡，朝下一看。

不曉得怎麼搞的，底下所有人都大叫了起來。

有人跑，有人胡亂開槍，有人用古怪的姿勢摔在地上，有人只是軟癱。

就連坦克車也倉促移動砲口，對著自己的弟兄開轟，炸得現場一片血肉橫飛。

遠在這兩姊妹的「視界」之外，近三百顆超級大鐵球在底下以超過時速一百公里的超高速逆時針瘋狂滾動。猶如鐵球龍捲風，撞翻士兵，輾過坦克，壓過裝甲車，震得地球表面整個崩毀。

一下子，所有人都不再動了。

連那些沒有被開槍射中、沒有被砲打中、毫髮無傷的士兵也都趴在地上。

風吹來，令人不寒而慄。

谷亮亮斬釘截鐵：「那個絕世高手就坐在坦克裡面。」

谷晶晶目瞪口呆：「到底是什麼手法啊？」

「不曉得，不過，晶晶……我們去打他。」谷亮亮感覺心跳加速。

「好耶！」谷晶晶有點開心，應該蠻好玩的吧。

縱使此刻棲息在谷亮亮體內的命格是「旅行的意義」、而妹妹谷晶晶的命格則是「天使的小禮物」，都是些小家子氣的命格，但動手在即，兩姊妹平時換命的手法又普普通通，現在沒時間從亞里紗身上換取命格了。

「亞里紗，走啦！」谷晶晶亂七八糟地將睡到一半的亞里紗塞進背包裡。

「安靜一點，那個高手說不定耳力很強。」谷亮亮也幫忙收拾背包。

初生之犢不畏虎，兩個年紀輕輕的獵命師用最快的速度從高樓側壁快跑衝下。

衝下，衝下，速度越來越快。

從這兩姊妹不斷藉著大樓各層的陽台往下落，就可知道其功夫練得不錯。

「快點！快點！別讓他開坦克跑了！」谷晶晶大叫。

「還是要小心。」谷亮亮提醒，卻也好怕這個絕世高手腳底抹油。

爺爺老是說，他們家族是獵命師碩果僅存的最強一族，沒道理害怕任何敵人，如果碰上了人家口中的「強敵」就直接把對方幹掉，畢竟強敵是別人嘴巴叫的。至於咱們谷家……

呸！沒有強敵這一回事！

終於來到大樓下。

姊妹倆手牽手，走在一堆滿臉驚恐的屍體中，正面朝著坦克前進。

「……」坦克裡的人，並沒有出來的意思。

砲口倒是對準了這一對姊妹。

「絕世高手，出來！」谷晶晶大叫，語氣幼稚。

「出來！別以爲妳躲在坦克裡可以躲一輩子！」谷亮亮提高音量，明顯裝兇。

「出來！」谷晶晶叫得更大聲了。

「快點出來！」谷亮亮叫得臉紅脖子粗。

坦克沒有動靜。

這時，站在數百具死狀古怪的屍體中，谷亮亮閃過一個非常可怕的想法。

這種瘋狂的死法……說不定……是毒氣！

讓人瘋狂的神經毒氣！

怎麼都沒想過呢？

萬一是毒氣的話，她所修煉的「咒」完全沒有應變之道啊！

谷亮亮帶著騎虎難下的苦笑，撇臉對妹妹說：「晶晶，我看我們……」

「姊，我有點怕大砲。」谷晶晶看著黑黑的砲口。

說完，砲就響。

「嘩！」

「嘿！」

兩姊妹緊急在砲響前半秒將手分開。

個性衝動的谷晶晶反衝上前，快氣炸了的谷亮亮則高躍往後。

轟！

砲彈擊中百貨大樓，把一樓化妝品展場炸出一個大窟窿。

管他三七二十一衝向前的谷晶晶，一腳踏地，一腳踩著坦克前擋鋼板，雙手……雙手抓住砲管？

抓住砲管做啥！

「怪力咒！摔！」

谷晶晶氣得大叫，竟不費吹灰之力，扛著砲管將整台坦克車抓起來。

……超豪邁地將坦克過肩摔！

「好燙！」

谷晶晶慘叫，掌心腫了起來。

只見龐然大物的坦克三百六十度大翻滾，被狠狠丟在十公尺之遠。

沒完。

此時，谷亮亮也抓起另一台坦克的履帶，高高舉起。

「怪力咒！丟你！」谷亮亮像丟書包一樣將坦克扔了過去。

首次在半空中體驗「飛行」的坦克，重重砸在剛剛被過肩摔的坦克上時，一道人影千鈞一髮地從底下的坦克裡射了出來。

兩台坦克撞得亂七八糟，發出異常恐怖的撞擊聲。

人影在地上打了個滾，終於穩住。

戴著黑色安全帽，穿著緊身皮衣，是氣喘吁吁的銀荷。

「……」銀荷咬著牙。

摔坦克？

丟坦克？

從來沒記過坦克一台有多重，也不覺得去知道坦克一台有多重是什麼多重要的事。

二十噸？三十噸？四十噸也不奇怪。

眼前這兩個力大無窮的女孩，究竟是何方神聖？

如果是晚上，無論面對什麼樣的敵人，銀荷都不可能害怕。

可現在……

一口氣釋放所有腦能量的銀荷，筋疲力竭，連一顆雞蛋大的鐵丸子都擠不出來了。

若要用肉體硬碰硬的互毆，又絕對不可能打得過這兩個怪力姊妹花。

何況體力放盡的現在，連轉身逃跑都有問題。

絕望？

銀荷從來不絕望——因爲絕望無法帶來勝利！

「妳是吸血鬼吧？」谷晶晶大聲問，雙手手掌拍拍，還是好燙。

銀荷沒有答話。她的力氣得花在更有用的思考上。

「晶晶，小心，隨時閉氣。」谷亮亮注意銀荷的一舉一動，深怕是毒氣。

谷晶晶頓了一下，立即用堅定的表情表示明白。

閉氣？

身經百戰的銀荷立刻猜到了谷亮亮心中所想。

很好，這小妮子投鼠忌器的胡思亂想，有助於自己爭取多幾秒的休息。

銀荷調整呼吸，眼角餘光掃視周遭。

左。

右。

……

腳邊右方五公尺外，有一把衝鋒槍。

谷亮亮跟谷晶晶的視線，不約而同跟著銀荷的眼角餘光停在那把衝鋒槍上。

銀荷身形一動，兩姊妹立刻反射性衝向衝鋒槍的位置。

太嫩！

銀荷的目的根本不是搶槍，而是往反方向衝進剛剛被轟了一砲的百貨大樓！

「能贏！」

銀荷燃起一線生機。

第465話

兩姊妹只慢了一步，卻讓無論如何都得衝進去的銀荷搶先。

銀荷不斷往裡快跑，直到跑到陽光完全被遮擋在外的展場正中心，才停下。

一停下，銀荷就感覺到一股強勁的力量往自己的背上襲來。

「！」銀荷一閃。

只見一個黑色巨物狠狠撞在柱子上，發出悠揚的爆碎聲。

……原來是谷亮亮剛剛隨手在展場裡抄起的黑色鋼琴。

「看我的！」谷晶晶一抓，一個落地玻璃櫃整個被拔起，扔出。

銀荷皺眉，再度閃過——也在這一瞬間鎖定了這兩姊妹的腦波。

沒錯，這裡沒有陽光的侵擾，已讓原本毫無勝算的銀荷獲得一絲喘息。

也許這兩個女孩兒的怪力驚人，不過……

瞧瞧這個！

銀荷雙手出掌，左右各有一顆超級大鐵球憑空衝出。

若這大鐵球是實際存在，這種重量加速度的威力絕對連戰艦艦殼也貫穿了。

「姊姊小心！」

「晶晶注意！」

然後……

然後銀荷呆住了。

兩顆不存在的大鐵球，不是被躲開，也不是被擊開，也不是被四兩撥千斤掃開……

而是，被兩個女孩徒手擋下！

谷亮亮單手停住鐵球。

谷晶晶雙手停住鐵球。

兩個人一步都沒有被震得後退。

「不可能。」

銀荷奮力摘下悶熱至極的安全帽，透了好大一口氣。

「死亡……鐵龍捲！」

兩槓鼻血飆出，銀荷不顧一切，壓榨出根本不可能存在的腦能力。

無論如何，這都是最後最後的十顆大鐵球了。

十顆大鐵球以超高速逆時針在兩人外圍快速繞啊繞的，帶起令人暈眩的嗡嗡聲，每繞一圈，十顆大鐵球就往裡縮一點，越快越縮，根本無路可逃。

很快就會像彈珠輾過小螞蟻一樣，大鐵球勢必將兩姊妹碾成「幻殺肉醬」。

「這個世界上，竟然會有這種招式！」谷亮亮大開眼界。

「怪力咒吸血鬼也可以練的嗎？」谷晶晶同樣嘖嘖稱奇。

這種攻擊何其猛烈，兩姊妹再怎麼無腦地一邊聊天，一邊還是趕緊運起體內的怪力咒能量。

沒有隆起一點肌肉，而是聚精會神地讓咒力湧現出來。

大鐵球越逼越近，越逼越近……

怪力咒。

自古以來便是非常危險的一種咒術。

學習咒語的方式，理論上很簡單……

修煉者站在低處，雙手高撐，由同伴將重物從高處推下。當然是循序漸進。

起先可能是一張桌子，一塊石板，接著便輪到一匹修煉者心愛的馬。

最後可能是一塊巨岩！

默念咒語的修煉者全心全意相信自己可以通過施咒、將落下的重物產生的地心引力與衝擊力「盡數消除」，信心飽滿，才能打開咒裡的力量。

只有絕對的信心，才能發揮咒力，接住重物……接住自己心愛的馬。

只要有一絲一毫的猶疑，重物就會將修煉者壓死。

信心越大，咒力越大。

修煉者能夠接住多大多重的重物，就能憑空舉起相同重量的東西。

元朝前的歷史上有許多威猛的武將，都是怪力咒的行家，以一當百，所向披靡。可也有許多獵命師都在修煉的過程中變成一灘帶骨的肉泥、或被砸成半身不遂。不能怪別人，只能怪自己信心不足。

日子久了，加上烏禪詛咒的強大壓力，只剩下數量極少的獵命師願意傳承此一危險的咒術，免得族人人數急速銳減。

此咒需要極大的自信，方能修煉成宗，是以擅使怪力咒的行家不知不覺就養成了目中無人的個性。這也難怪，若非自視甚高，也無法在修煉怪力咒的生死一瞬間活下去。

谷亮亮與谷晶晶，這一對姊妹花天生擁有的「個性」，讓她們成爲谷家家族歷史中驚人的天才，其個性，便是——白爛。

凌駕在天眞無邪之上的白爛，比什麼自信之類的心理建設都還要有用！

「姊，慘了啦！」谷晶晶大驚失色。

「啊？」谷亮亮皺起眉頭，心跟著一慌。

十顆大鐵球的滾動速度已經快到肉眼無法跟上，體積好像又變得更大了。

刮起的巨風帶著一股鐵的冷然鏽味，極度逼近。

「上個禮拜買的那支唇蜜，剛剛好像忘了收進背包了啦。」谷晶晶跺腳。

「等一下再上去拿就好了啊。」谷亮亮翻白眼，沒好氣：「又不是限量！」

「下來簡單，但再上去好麻煩喔……」谷晶晶看起來很沮喪。

銀荷額上青筋爆出，雙眼血紅，激烈的腦波引起靜電，令長髮冉冉豎起。

再也支撐不住，銀荷雙腿猛然跪落在地，一顆臼齒也給咬崩了。

凡所見，皆可殺！

十顆巨大的鐵球一起撞向最裡！

轟？

背對著背，腳跟靠著腳跟，谷亮亮與谷晶晶的膝蓋也屈了起來。

轟？

沒有，沒發出一點聲音。

姊妹同心，咒力倍乘，竟將十顆夾擊的超級大鐵球通通擋下。

「我可以……在這裡的專櫃……借用一支嗎？」谷晶晶咬著嘴唇。

「那是偷。」谷亮亮認眞說道：「雖然世界大亂了，偷就是偷。」

輸了。

沒想到這個世界上，竟還有如此無敵怪力之人，不下……不下……

血族的孤獨英雄，牙丸銀荷，了無憾恨地失去意識。

鐵球消失。

「咦？」谷晶晶嚇了一大跳。

「是幻術吧。」谷亮亮想到剛剛在大樓樓頂往下親眼看到的古怪死法，有種豁然開朗的感覺：「沒想到幻術也可以那麼逼眞，好強喔。」

前三天那些身體沒半點傷痕的屍體，也是栽在這個幻術高手的招吧。

不過如果這個高手用的是幻術，爲什麼不用更厲害的東西砸過來呢？

「喵！」亞里紗在背包裡激烈亂抓，頗有不滿：「喵喵！喵喵！」

谷亮亮打開背包，讓著惱了的亞里紗出來透透氣。

暈倒在地上的銀荷，殷紅的鼻子冒著若有似無的血泡。

「這個吸血鬼還沒死，我們補她幾腳吧。」

谷晶晶說是這麼說，眼睛卻在看附近有沒有什麼重物。

畢竟用踩的……鞋子底下會黏黏的。

「她很厲害，要不是她剛剛快被太陽曬暈了，說不定我們還打不過她呢。」

「哪有這樣算的啊，贏了就是贏了！」谷晶晶嘟嘴。

「妳看，她長得蠻漂亮的，一定不希望死掉的時候很醜，基於一點點的敬意，我們給她一個痛快吧。」谷亮亮嘆氣，東看西看。

「我們打那些吸血鬼兵都沒在管的，爲什麼她是高手就有特權啊？」

「好歹人家差點殺死我們啊。」

「就因爲她差點把我們殺死，幹麼對她那麼好……」

一邊拌嘴，谷亮亮找到了一根細長的竿子。

她拿著這竿子撥開倒在地上的銀荷的長髮，露出細白的頸子。

正當谷亮亮想將竿子插進銀荷的頸子之際，谷晶晶突然大叫：「喂！」

這一聲「喂！」，同時觸動了谷亮亮的視線。

銀荷頸子上的黑色荷花刺青……

那一串接在荷花刺青後的四個數字……1703！

「我的天……」谷亮亮睜大眼睛。

「她就是……」谷晶晶張大嘴巴。

長竿子喀喀落地。

那一張放在網路上，知名作者的側臉大頭貼。

V大！

崖上的波波

命格：自以為天命格，其實只是情緒格

存活：十六年就可以了

徵兆：很想當醫生。覺得現在的醫生醫德都很差，自己不出來懸壺濟世實在說不過去，有辱天命。一旦立定志向，即使成績很爛也在所不惜（成績很爛等於志向很高），無論如何就是要當醫生啦幹！

特質：覺得走走晃晃的見習就是實習的意思，堅定地認為自己求學非常辛苦（因為成績很爛），更認為自己就讀的醫學院是非常優秀的大學，絕對不是拿錢就可以科科科畢業的大學，卻又矛盾地覺得被人公佈自己的畢業學校是一種羞辱。由於常常覺得自己受到排擠，那種幹在心裡的能量會迫使他——更堅定地認為見習就是實習啦！

進化：波爸波媽

第466話

船一直晃得很厲害。

理查是一個擁有雄心壯志的小兵。

在這一場攸關人類命運的戰役裡，理查就連看到敵人面目的機會都沒有。

平常時候，理查負責在不見天日的伙房裡幫大家烹調食物，攪拌生菜沙拉、切牛肉、煙燻鮭魚之類的。當然了，還得收拾一片狼藉的碗盤，還有定期清洗一台製作香草雪泥的昂貴機器。

大兵最愛開玩笑，不管是有意無意，理查總是被冷嘲熱諷。

「伙房兵真好，我們在外面訓練，你只要負責煮豆子就行了。」

「理查？還是查理？看你舀湯的手，嘖嘖，這麼瘦，多久沒拿槍啦？」

「喂，你寫信給女朋友的時候，有提到你沒射過一次大砲嗎？哈哈！」

理查從未習慣這些污辱，爲此他還打了幾次架。

時間要是可以重來就好了。

理查一直有著一股憤憤不平的情緒……要不是在特別訓練時壓抑不住怒火，揍了直屬長官一拳，現在的自己，不是在甲板上抓著機關砲跟敵人對著幹，最差，也一定在旁邊幫忙裝塡砲彈吧。

可惜不是那一種「現在」。

眞正的現在呢，就連戰鬥中的緊張時刻，理查也只能待在狹小的伙房裡，蹲在地上吃著巧克力條打發時間，跟其他三個伙房兵大眼瞪小眼。

頭頂上的甲板似乎很熱鬧。

砲擊聲不絕於耳，戰鬥機劃破空氣的聲音更帥，連這裡都聽得清清楚楚。

沒人催促理查快點開伙，也沒人對著他埋怨菜色不佳。

那些曾經嘲弄他、跟他打過架的混蛋都忙得很。

而理查，他媽的連送死的蠢機會都沒有。

船身又大大顚晃了一下。

他想起了雷力。

最早理查在官校受基本新訓時，與雷力同寢了三個月。

他一點也不覺得自己比那個呆頭呆腦的雷力差，不管是伏地挺身，還是仰臥起坐、跑步、拉單槓甚至打靶，所有的訓練，理查都不覺得自己輸了哪一項。就連寢務的整理跟吃飯的速度，雷力也沒自己厲害！

現在……眞實人生版本的現在……

跟他一起受過訓的雷力，現在是最頂尖的F22戰鬥機飛行員。

這就是狗屎運吧，理查從鼻孔噴氣。

如果自己從軍校出來後，不是選擇海軍，而是跟雷力一起進空軍受訓的話，雷力哪有的混？都怪自己當時看不起空軍，覺得那種高高在上的戰鬥一點都沒有男子氣概，不屑加入。

相形之下，海軍的戰鬥部隊英勇多了，若能加入兩棲特種部隊，就等於進入了正面跟敵人衝鋒對決的勇敢世界，全身塗著迷彩，拿著刺刀，扛著槍，吆喝著繁複的戰術暗號，搶灘、掩護、爆破、不斷的掃射！

是了，其實也不必羨慕只會走好運的雷力。

空軍，算了吧，制服好看而已！

前幾天威風凜凜的F22機群還慘敗給小日本，丟臉！丟臉啊！

F22戰鬥機是全世界的尖端科技，一定設計得超好駕駛，誰學一學都會開吧？開著那種一定能勝的戰鬥機，全軍毫髮無傷的凱旋已經是基本要求，竟然還可以開到整個遭小日本殲滅，看看有多好笑！

呸！不屑！

比起那些光會走運的傢伙，只是欠了一個機會的自己，上帝一定另有安排。

「天上的父，我不怕敵人，不畏懼邪惡，我祈求您……」

理查雙手緊握，輕輕放在額頭上，衷心地祈禱：「讓我擁有展現勇氣的機會，讓我面對敵人，完成入伍的使命，即使犧牲生命也在所不惜。」

「理查，你瘋啦？」一個伙房兵白了他一眼。

「我加入海軍受訓，可不是爲了蹲在這裡吃巧克力。」理查瞪回去。

一個正吃著無限續杯香草雪泥的伙房頭頭，對理查豎起中指。

像理查這種自命不凡的人，伙房頭頭看多了，冷冷道：「你眞夠格上甲板的話，現在就不會坐在這裡吃巧克力。」

「我只是欠缺機會——一個證明自己的機會。」理查不屑地看著伙房頭頭：「只要甲板上那些人死得差不多，我馬上就會升上去殺敵。其實我早就該上去了。」

「少在這裡自以爲。伙房就是需要四個人，缺一不可，甲板上死再多人，你還是得幫忙煮豆子……歐不，今天你輪到的是煮湯，說到這，那一箱番茄到底洗了沒啊？」

理查啐了一口：「別把我跟你們這種廢物相提並論，我不會永遠在這裡的。」

此時，伙房的門被重重踢開。

上帝一向有求必應。

一個穿著黑色緊身皮衣，胸部呼之欲出的東方女人站在門口。

女人的背後，黑壓壓一片人影。

這裡，是通往指揮塔的三條捷徑之一。

「忍術——櫻殺！」

一聲嬌喘，巨乳一晃。

伙房裡四個大男人的腦袋，在同一時間俱被踢碎。

可憐的理查……還是查理？手中那條巧克力都還沒吃完哩！

第467話

雨。

漫天烽火的大雨。

這場大雨不過下了二十二分鐘，大大小小戰艦已沉了九艘，三艘戰艦沒沉但也無法繼續作戰，潛艦折損了兩艘，火力薄弱的Z組織的科學觀測艦也沉了三艘。

逐漸被逆轉的天空，二十四架F22戰鬥機變成了失去羽翼的亡靈。

慘重的傷亡，當然也換來敵人不小的代價。

惱人的空行咒獸，不管是鐮獸還是人面烏鴉，都已大量減少到艦隊的防禦火網足以從容處理的程度。受了重傷的八岐大蛇活動力也銳減，不曉得躲到哪裡，潛艦持續發出聲納追蹤那隻大怪獸的蹤跡。

只剩下三十幾架F22戰鬥機，與五隻奇形怪狀的巨大鳥人在空中鏖戰。

來自Z組織的戰略研究員尼爾不禁感嘆……

人類這幾千年來的腦力演化，誕生了許多強大的兵器。

在這些號稱足以毀滅人類文明的現代化兵器裡，如果有所謂的最強，除了夷平一切的核子彈，莫過於統合力超卓的航空母艦艦隊。

美國第七艦隊，太平洋的王者，以核動力航空母艦喬治華盛頓號爲首，領著大大小小六十艘軍艦，加上四百架地球上最高科技的戰鬥機。

如今，最強的超軍事化，已逐漸壓倒莫名其妙的古代力量，安倍晴明預先準備好的咒獸大軍，慘遭全軍覆沒只是時間問題。

或許人類已經不需要那種自以爲奇妙、連通陰陽異界的「咒」。

所謂的「科技」，就是眞正人類征服大地的「最終咒語」。

日本也有傲視全球的軍事科技。

可惜，只可惜日本血族的對手……

「如果時間可以重來，日本血族一定會雙手退還他們逼來的戰爭。」

來自Z組織的尼爾頗有深意地看著安分尼上將。

安分尼上將不置可否。

對這位身經百戰的老將來說，還未看見日本的海岸線，就已經令艦隊如此折損，可見接下來的艦隊交鋒與登陸作戰還有許多慘烈的苦戰。

所謂站在歷史的轉捩點，真正的意義是，其中有一方的歷史將從此消失。

第468話

最該笑的人，卻在哭。

這一場戰爭最興致高昂的旁觀者，在無數個子母螢幕前感動得熱淚盈眶。

科學觀測艦上拍到的戰鬥影像，都傳到了Z組織的海底城。

「安倍晴明，沒想到在小說以外的世界看到了您。」

凱因斯抓亂了頭髮，十幾條眼淚都流到了頸子上：「改變天氣、式神、咒獸……這就是您的手段，眞的是太偉大了，如果您當初沒有將一半的力量給了出去，說不定幻化成妖狐的您……沒錯，一定能打得贏地球上第二強的艦隊啊！」

不停用力拍打桌子，手都腫了起來也無法平復他滿腔的感動。

爲了表達對安倍晴明的崇高敬意，凱因斯已準備好了所需要的棋子。

聽起來非常幼稚、絕對涉嫌抄襲的黃金十二宮聖鬥士，已經在外太空做好準備，雖然不打算眞正得逞什麼事，但那十二名拔尖的第三種人類身上所配戴的即時影像回傳系統，才是凱因斯眞正的目的。

其餘的……

等待最不應該的時機，Z組織的中堅部隊，將強行亂入，收割這一場戰爭。

「請放心！我絕對不會讓您失望的！」

凱因斯握拳，哭著大叫：「我一定會將您鍾愛的土地化爲煉獄，將您一心守護的人民與妖怪，統統都殺得血流成河，幫助您找回眞正強大的力量，屆時再請您與我一決勝負！」

瘋子沒什麼了不起。

但如果瘋子就住在你家隔壁……

住在你家隔壁的瘋子沒什麼了不起。

但如果這個瘋子，妄想掌握全世界未來一百年的歷史……

姑息養奸

命格：集體格

存活：缺乏資料，誕生年限不明，估計在兩百年以上

徵兆：通常是社會氛圍，而非個人特質。宿主默默地看著弱小的同學被技安欺負，覺得不關自己的事。看到公車上有色狼在偷摸女生的屁股，也說服自己說不定女生很享受於是沒有英雄救美。在報紙上看到波波的新聞議題，也想說反正不會醫到我，蹚這種渾水做啥？

特質：宿主不見得沒有正義感，只是覺得插手管閒事很麻煩，長期冷漠的結果，正義感也會日漸萎縮。由於並非宿主不會分辨是非，所以袖手旁觀必有矛盾，命格正是吃食宿主的矛盾感而茁壯。命格發動能量時，會直接產卵在周遭人的體內，靜待萌芽。

進化：村人的惡樹（兼具集體格與機率格）

第467話

「最後——百雷！」

一個雨戰神天狗豁盡全力，彎弓，一口氣射出煙火般的雷箭。

雷箭如雨。

「快散開！」

「不好！」

兩台來不及躲開的F22戰鬥機著了道，遭到空中斬首。

使出絕招的那一個雨戰神天狗，翅膀沒力氣到垂了下來。

「吃下這個！」

絕對不同情殺害同伴的敵人，雷力殺紅了眼，從副機射出一枚飛彈。

命中。

這一發，就直接將筋疲力竭的雨戰神天狗轟回了屬於他的異界。

「跟那隻鐵鳥同歸於盡！」

一個翅膀負傷的雨戰神天狗，以全速衝向雷力的主座機。

還能飛、還能戰的四個雨戰神天狗都知道，若非那三隻齊心合力的鐵鳥，這片天空早就是他們的了。還不了安倍晴明的人情，實在不甘願！

「少來。」

拒絕犧牲，雷力冷冷閃開的瞬間，還賞了雨戰神天狗十幾發鷹爪機砲。

護身波早就在一波又一波的交手中給徹底打爛了，雷力這幾發鷹爪砲彈在雨戰神天狗的身上穿出好幾個洞。

像一隻不再戀棧天空的鷹，雨戰神天狗壯烈墜海。

「敵人的主力還有三個！大家不要鬆懈！」

雷力冷靜又炙熱地指揮，親手爭回同伴與他的天空。

雷達上，終於出現了一大堆巨大的光點。

——敵人的艦隊終於接近雙方默契中的大海交戰區。

「長官，衛星顯示，敵人的戰機正在甲板準備就緒。」

情報官看著軍事衛星即時從外太空傳下來的分析資料，說：「至少有一百架F16戰鬥機會擔任敵人的首波先鋒。」

一百架，數目驚人。

不過還沒有到足以威嚇如廝艦隊的程度。

「飛行甲板沒有被破壞的艦艇還有幾艘？」安分尼上將沉著地說：「計算一下可以執行第二架次的戰機。」

「是。」情報官統合各艦回報的情況，很快便說：「估計起來，第二攻擊架次的F22戰鬥機還有四十至四十七架可以起飛，如果還能爭取到半個小時修復部分軍艦的起落甲板，至少還有二十架能飛！六個小時後與後續趕到的他國艦群會合，得到支援後，將完全恢復戰力。」

點點頭，安分尼上將：「好，準備迎接貴客。」

就等這一句話。

「所有潛艦待命。」

「反飛彈系統準備完畢。」

「超音速反潛艦飛彈待命。」

「反電子脈衝系統再次確認完畢。」

「預警機已先行起飛。」

正當第七艦隊努力從讓人眼花撩亂的怪物攻擊中重整旗鼓，預備與日本艦隊正面交鋒時，一艘巡洋艦默默地駛離原先的路線，頭一歪，朝航空母艦的方向前進。

「路易斯號，路易斯號，你的航線已偏離。」

鄰近的驅逐艦一邊對付著苟延殘喘的鐮獸，一邊簡單發出警告。

巡洋艦沒有回應，沉默地繼續朝航空母艦前進。

「路易斯號，請注意，請注意，你的航線已偏離！請立即更改航線！」

巡洋艦不僅不理會，還加快了航速。

驅逐艦與巡洋艦之間的距離，已縮短到肉眼即可感覺到強大壓迫感的地步。

「路易斯號！路易斯號！請立即……」

正拿著對講機，發出警告的副艦長瞠目結舌。

巡洋艦甲板上的每一座砲台，都對準了幾乎要擦撞上的驅逐艦。

「這是……」驅逐艦的艦長說不出話來。

與他遙目相望的，是一個站在指揮塔裡的陌生東方女子。

東方女子向他甜甜一笑。

轟隆聲大作。

迅雷不及掩耳，短兵相接的驅逐艦立刻遭到無情的砲擊毀滅。

此一巨變，瞬間讓第七艦隊整個大驚。

甲板上的砲口隨即一轉，立刻又對準了一艘擋在前方的小型驅逐艦。

……對方驅逐艦所有的砲口都朝著天空。

又一無情的轟隆砲擊，驅逐艦遭到貫穿，引燃油氣，爆炸！！

「哈。」

身受重傷的服部半藏，昂然站在巡洋艦的甲板上。

雖然無法完美地直接進攻航空母艦，畢竟還是達陣了計畫中次等備案的第一步。接下來就是用巡洋艦撞擊航空母艦，將船上的忍者一口氣倒了過去！

如果這一千八百個忍者全都攻上了航空母艦，就算守護在航空母艦上的是最精銳的兩棲特種部隊，恐怕也擋不了那猶如黑色毒龍的忍者猛攻。

一旦最重要的航空母艦被摧毀，第七艦隊恐怕就要重新考慮進攻東京的計畫。

服部半藏發出一聲穿越雲雨的清嘯，單手高舉。

——信號。

「你辦到了呢，素未謀面的偉大忍者。」

神情疲憊的安倍晴明俯瞰下方，有些感動。

「現在全靠你了，素昧平生的大陰陽師。」

服部半藏仰著頭，看向天際。

第468話

是了。

重新聚精會神，安倍晴明運起全身功力。

魔舌燦爛。

海的力量深不可測。

早在安倍晴明召喚遮蔽日出的大雷雨時，他也同時對底下的大海施了咒。

那一道又一道不斷鞭笞大海的雷電，就是來自安倍晴明誠摯的懇求。

咒的祈力很強，所需要的時間也越久，八岐大蛇與艦隊對抗，漫天咒獸飛舞，都是伏筆，都在幫這一道「大祈神咒」的發揮效力爭取寶貴的時間。

安倍晴明善「咒」，其力量，主要來自於召喚。

神獸或異怪的召喚皆無法憑空而來，平日便得用咒培養關係，用法力餵養。

是以召喚術又大致分爲兩種。

其一，是藉著周遭環境的五行原理召喚出相應的咒獸，比如在深山裡可以藉著滿山古木召喚出樹精，在河邊召喚出水怪，在暴風來襲時請風魔現身。

大自然的力量無窮無盡，條件越好，召喚出來的神兵咒獸也越厲害。

若施術者的周遭環境無法支援所求，想來個「無中生有」，便得使用方法二——事先蒐集足夠的「靈」，施咒，將「靈」灌注在紙上，再將紙摺成大致的模樣，暫時封印起來，等到需要的時候再將充滿靈力的咒獸釋放。

這個施咒法不僅有備無患，又能靈活運用，更重要的是，安倍晴明等於隨身都帶著一支個人的靈力大軍。

安倍晴明已經花了很大力氣召喚風馳電掣的大雲雨。

現在，埋在大海裡的咒也應該成熟了。

「大神祈咒——天無邊，海無界。」

安倍晴明一舌唸著世間能夠理解的語言，一舌唸著無人能夠解讀的魔語：「海神允我，百丈巨妖！」

巡洋艦四面八方的海面，高高隆起。

隆起！隆起！

水面不斷拔高，聚攏！

水——恐怕是這世界上最有形，也是最無形的「物質」。

咒力爆發，海水高高隆起，凝聚成高達上百公尺的巨大水海妖。

「太了不起了。」服部半藏讚嘆，不住點頭：「這是何等偉大的陰陽術！」

說是海妖，可海妖無眼耳口鼻，無首無身，只有非常粗略的人形手臂，海妖巨臂

「目前」一共有八隻，擋在巡洋艦前形成八道無比壯闊的水之城牆。

海的力量無與倫比，是大自然之最，絕不輕易受到任何勢力的操控，縱使是大陰陽師安倍晴明也無法全盤掌控海的力量，僅能藉著海妖巨臂的力量協助巡洋艦防守。

即使如此，這恐怕還是全世界最強的防守！

巡洋艦直撲航空母艦而來。

「各艦攻擊！」安分尼上將看出意圖，大聲下令：「將路易斯號打爛！」

靠近被忍者俘虜的巡洋艦附近的軍艦，當然老實不客氣地開砲。

砰！砰！砰！砰！砰！砰！砰！砰！砰！砰！砰！砰！砰！砰！砰！砰！砰！
砰！砰！砰！砰！砰！砰！砰！砰！砰！砰！砰！砰！砰！砰！砰！砰！砰！
砰！砰！砰！砰！砰！砰！砰！砰！砰！砰！砰！砰！砰！砰！砰！砰！砰！

只是那些直射而來的砲彈根本打不穿充滿咒力、又異常厚實的海水，每一發，每一砲，在海妖巨臂張開的大手掌裡失去前進的動能，盡數落到了海裡。

表面上，人類的科技力量終於到了極限。

實際上，正在施法操縱大海的安倍晴明，體力與法力也快透支了。

但絕對不能倒下！

放任這樣的無敵艦隊逼近東京，接踵發生的事不需安倍晴明的腦袋也能預見。

不行。

絕對不行！

雖然身上有一半的血液來自於巨妖九尾狐，但安倍晴明真心真意想保護他喜歡的土地，當年才會答應徐福如果真有人類大舉入侵的一天，一定要傾力相助。

那一天，就是這一天。

安倍晴明全身發出黑色的魔光。

「務必要在這裡攔下你們！」

一利一弊，大雨飄搖，海妖巨臂又弄得四周大浪此伏彼起，縱使是巡洋艦船身也是劇烈搖晃，要是此時開砲攻擊其他船艦，砲彈也會自個兒打到海妖巨臂無法穿透過去。

也好，反正原本就不巴望採取用砲火擊沉航母的便宜之道。

短兵相接才是貨眞價實的戰鬥，所有的忍者都如此堅定以爲。

大雨滂沱，越來越密集的砲彈聲幾乎要穿透了海妖巨臂。

「怎麼辦？絕對不能讓他們靠近航母啊！」

「繼續開砲！不要停下來！」

「快！近距離給它巡弋飛彈，不需要顧及其他船艦！」

「戰鬥直昇機看看能不能直接衝過去！」

美軍越來越驚慌，砲越打越多，安分尼上將的眉頭也越來越緊。

魚雷自然也發射了好幾枚。

只是海妖巨臂在海底築起的防禦更紮實，猶如百爪章魚，直接將微不足道的魚雷撥開，掃進了海溝深處。

「大家準備！」優香在指揮塔上大吼。

不管是甲賀忍者還是伊賀忍者，這兩個過去長期互戰互噬的暗黑忍族，一臉肅容站在服部半藏身旁。團團圍住，用身體保護著他們的主人……他們的英雄。

「讓開！」雷力自上俯衝。

來自天上的霸權者也朝巡洋艦開火了。

不只雷力，十幾台F22戰鬥機都從高空射出精密的空對地地獄火飛彈。

嗪！

嗪！

超高破壞力的空對地飛彈劃破天際，還兼具了穿透力最需要的速度。

！

安倍晴明身上的黑氣大盛：「攏！」

好幾隻巨大的海妖手臂高高舉起，張開併攏，攔在被忍者挾持的巡洋艦上空。

十幾枚威力強大的飛彈盡數爆炸，卻只是將巨大厚實的水塊給擊碎。大水摔落在巡洋艦甲板上，沖在這一千八百個忍者的頭上，卻沒有人被沖得東倒西歪。

他們的視線，盯著前方越來越清晰的航空母艦心，卻集中在甲板上。

或許這是僅有的喘息機會，服部半藏半蹲在地。雙手施展忍咒，珍惜著每一分每一秒可以療傷的黃金時間，讓忍咒進入體內，配合血族得天獨厚的優異體質進行自我療癒。

這個姿勢，讓服部半藏征服了每個長眠忍者的心。

戰場上，絕對沒有比偉大的領袖身先士卒，與所有人並肩作戰的畫面來得激勵士氣。看到服部半藏在所有忍者之前就身受重傷的畫面，無不動容！

優香從指揮塔一躍而下，落在甲板上服部半藏身邊。

「前輩！」優香咬著牙，漲紅著臉。

「嗯。」

「我一直很喜歡看電影。」優香握緊拳頭。

電影？

這個時候提電影做什麼？

不知道怎麼回話，難道說我也喜歡嗎？服部半藏只是淡淡看了優香一眼。

「那個……電影裡常常這樣演，兩軍交戰前，主將啊……主將都會來個簡單的演講，很熱血的那一種，通常講完大家都會變得很殺耶！」優香感到很難爲情，但還是非講不可：「前輩，其實我想了幾句簡單的台詞。」

「……」服部半藏差點笑了出來。

這個少了根筋的大胸部女忍者，眞想用力上一下啊。

服部半藏點點頭，閉上眼睛時嘴角也忍不住上揚。

優香大喜，霍然站起。

「今天我們不分甲賀，不分伊賀……我們之間再也不分彼此！」

優香晃著過於巨大的胸部，熱血地大吼：「兩船相接的一瞬間，讓我們一起把命留在敵人的首級旁！爲捍衛我們的食物而戰！」

近一千八百名忍者齊聲豪吼，熱血沸騰。

「捍衛我們的食物！」「捍衛我們的食物！」「捍衛我們的食物！」

千古以降，忍者作爲無數戰爭的先鋒，卻無人記憶。

低調是他們唯一的戰鬥風格。

不被記憶是他們的最高榮譽。

但從下一刻開始，這些忍者要肆無忌憚地大殺一通。

遠在百里之外的故鄉，永遠都會記得第一場勝仗是由誰奪下。

逼近，六百公尺。

……五百公尺。

砲聲不絕，海牆不穿。

「航母上，我們有多少兵力？」安分尼上將，終於難掩絕望神色。

「除了一般兵外，擁有兩棲陸戰隊兩千名，但……」副官咬牙。

但，抵擋不住的。

絕對不能淪陷的航母，防得了任何飛彈，無視任何魚雷，不畏懼敵機威脅。

最後，竟將栽在如此愚蠢的近身肉搏戰上！

五百公尺。

四百公尺。

捍衛我們的食物……捍衛我們的食物……一千八百名忍者在甲板上慷慨激昂的豪吼聲，穿透了喧囂的大風大雨，終於來到耳朵可以聽見的距離。

三百公尺！

忽地。

一道雄渾至極的白色光芒，從航空母艦的甲板底側的懸欄上，兇猛衝出！

白光宛若烈日，擊穿了一隻擋在巡洋艦前的海妖巨臂。

號稱絕對防禦的海牆徹底爆碎！

「……」服部半藏，呆呆地睜開眼睛。

「……」安倍晴明，難以置信地看著航母甲板底側。

一個微不足道的小小黑影，搖擺著脫了毛的小小尾巴。

「再怎麼說，我都是……」

「姜子牙的貓啊！」

《獵命師傳奇》卷十五　完

獵命師傳奇 FateHunter

《獵命師傳奇》卷十六．預告

聶老後退了一大步。

拒絕圍攻，這是他的驕傲。

廟歲，倪楚楚，兵五常，鎖木，書恩，圍著腰繫雙刀的男人。

然而這個男人猛虎般的眼睛，始終只是看著聶老。

「死老頭，你不加入的話，我一下子就幹掉他們了。」

宮本武藏雙手環胸，壓根不打算拔刀。

廟歲感到一陣頭皮發麻。惡魔之耳告訴他——

這個拿著雙刀的傢伙，並沒有說謊！

（九把刀：但也不知道會不會這樣，小說的世界很神秘的啊！）

獵你的創意，秀你的圖
「獵命師大募集！」活動

發揮你的想像，秀出你的創意，畫出或者cosplay《獵命師傳奇》你心目中的故事角色，我們將於《獵命師傳奇》最新一集出版前，固定由作者九把刀親自遴選，刊登在當集的《獵命師傳奇》書中喔！讓你的創意在《獵命師傳奇》的世界中登場，還可以得到獵命師限量周邊！

■ 活動詳細辦法，請至蓋亞讀樂網貼圖區參觀
http://www.gaeabooks.com.tw/

■ 大賞得主除可得到《獵命師傳奇》新書一本，還另有神祕禮物喔。

■ 入選者皆可得《獵命師傳奇》新書一本。

【本集大賞】

yaodesign ◆天下無雙．宮本武藏

刀大評語：
我很喜歡用很多剛硬的色塊構成圖案的感覺！

cloud9010 ◆徐福，受死吧！

刀大評語：
看起來很兇暴啊，一副就是很不好相處的鳥樣！

sagin ◆牙丸傷心之殞落

gaeblotkie ◆陳木生及烏霆殲

honeysinby ◆優香處罰你

raymond0930 ◆東瀛劍聖 - 宮本武藏

jwang0215 ◆項羽

x89055 ◆賽門貓

mars99921 ◆莫道夫

st940809 ◆天堂地獄

kn780310 ◆烏霆殲

k89055 ◆人體自燃

k888 ◆城市管理人

秋天楓葉◆烏拉拉

yoyohero ◆上官無筵

thomas873 ◆虎鯊合成人

anber ◆烏及兵

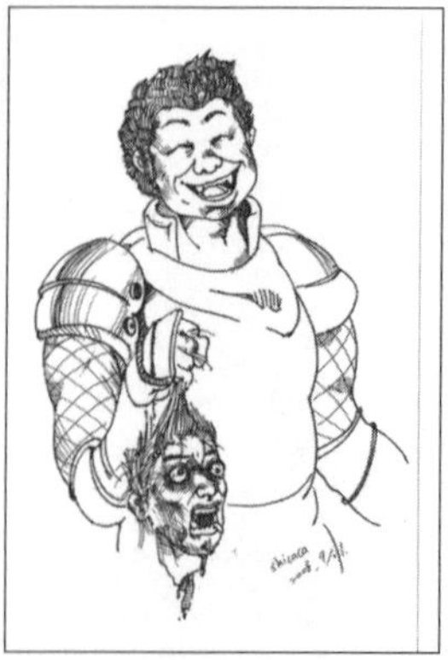
oshicaca ◆服部半藏與啞吧查特 ... 的頭

fishballlai168 ◆玉米

drawmylife ◆黑天使

starcat543345 ◆獵命師們

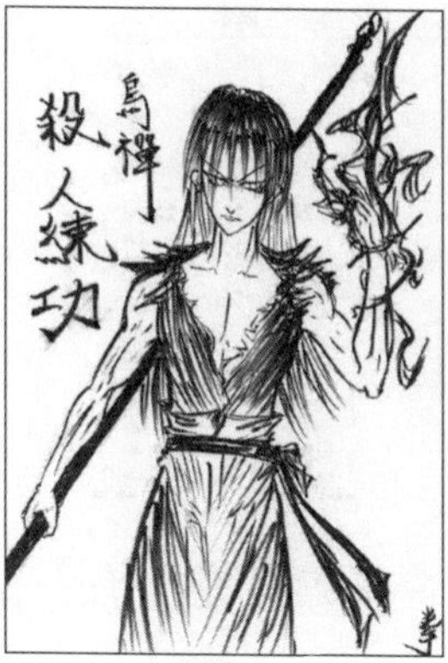

ayu560 ◆烏禪

lp8570653 ◆漢彌頓

我就是我◆烏拉拉 ~YA!!

l81716 ◆貓

kingboy97 ◆風宇

isis5471 ◆烏拉拉

腐 Q ◆天堂地獄

bamoo28 ◆烏拉拉

國家圖書館出版品預行編目資料

獵命師傳奇.Fatehunter / 九把刀(Giddens) 著.
——初版.——台北市：蓋亞文化，2009.7-
冊； 公分. ——(悅讀館；RE085)

ISBN 978-986-6473-29-6 (卷15；平裝)

857.7 98010662

悅讀館 RE085

獵命師傳奇系列【卷十五】

作者／九把刀（Giddens）
插畫／練任
封面設計／克里斯
企劃編輯／魔豆工作室
電子信箱◎thebeans@ms45.hinet.net
出版／蓋亞文化有限公司
地址◎台北市103赤峰街41巷7號1樓
電話◎（02）25585438 傳眞◎（02）25585439
網址◎www.gaeabooks.com.tw
服務信箱◎gaea@gaeabooks.com.tw
投稿信箱◎editor@gaeabooks.com.tw
郵撥帳號◎19769541 戶名：蓋亞文化有限公司
總經銷／聯合發行股份有限公司
地址◎新北市新店區寶橋路二三五巷六弄六號二樓
電話◎（02）29178022 傳眞◎（02）29156275
港澳地區／一代匯集
電話◎（852）27838102 傳眞◎（852）23960050
地址◎九龍旺角塘尾道64號龍駒企業大廈10樓B&D室
初版三刷／2012 年08月
定價／新台幣 199 元
Printed in Taiwan

ISBN／978-986-6473-29-6

RE085
GAEA

獵命師傳奇
天命在我・自創一格
──創意命格有獎徵文活動

替獵命師們構想奇命！為自己開創中獎命數！

由於反應熱烈，命格徵文活動將改為每冊固定舉行。我們會在每次《獵命師傳奇》出版前，固定由作者九把刀遴選投稿，讓你設計的命格在下一集《獵命師傳奇》的世界中登場。

獲選者可獲贈《獵命師傳奇》周邊商品，及九把刀最新作品一本。

■注意事項

⊙命格投稿請比照書中一貫的描述格式，並填寫本回函所附表格。
⊙請參加讀友留下正確姓名地址，以便發表時註明構想者與贈獎。
⊙本活動遴選之命格使用權利歸蓋亞文化有限公司所有。
⊙活動及抽獎結果，將於每集《獵命師傳奇》出版時公佈於蓋亞讀樂網。
⊙本抽獎回函影印無效。

姓名：________________ **生日　　年　　月　　日 性別：□男□女**

聯絡電話或手機：________________

E-mail：________________

地址：□□□

____

命格名稱：________________

命格：________________

存活：________________

徵兆：________________

特質：________________

進化：________________

關於命格投稿，九把刀會針對投稿者的想法創作更完整的設定修改，以符合故事須要，或九把刀個人愛胡說八道的壞習慣。戰鬥吧！燃燒你的創意！

廣告回信 郵資免付
台北郵局登記證
台北廣字第675號

GAEA 蓋亞文化有限公司　收

103 台北市赤峰街41巷7號1樓

Gaea

Gaea

GAEA

GAEA